Johann Georg Seegemund

Dr. R. Gneist und die confessionelle Schule

Antigonos

Johann Georg Seegemund

Dr. R. Gneist und die confessionelle Schule

Unveränderter Nachdruck der Originalausgabe von 1869.

1. Auflage 2024 | ISBN: 978-3-38637-093-6

Antigonos Verlag ist ein Imprint der Outlook Verlagsgesellschaft mbH.

Verlag: Outlook Verlag GmbH, Zeilweg 44, 60439 Frankfurt, Deutschland, info@outlook-verlag.de
Vertretungsberechtigt: E. Roepke, Zeilweg 44, 60439 Frankfurt, Deutschland
Druck: Libri Plureos GmbH, Friedensallee 273, 22763 Hamburg, Deutschland

Dr. R. Gneist

und

die confessionelle Schule.

Beleuchtet

von

J. G. Seegemund,

Consistorial-, Regierungs- und Schulrath a. D., Ehrenmitglied
der Königl. Regierung zu Frankfurt a. O.

Separat-Abdruck aus der Neuen Preußischen Zeitung.

Berlin.

Verlag und Druck von F. Heinicke.

1869.

I.

Dr. Gneist und die confessionelle Schule.

Wenn ein Rechtsgelehrter und Geschichtskundiger von dem Ruf und Ansehen, wie Dr. Gneist, in dem Streite der politischen und kirchlichen Parteien „über die confessionelle oder confessionslose Schule" das Wort nimmt, wenn er die Streitfrage vom rechtlichen und geschichtlichen Standpunkte aus beleuchtet, so darf man Bedeutendes von ihm erwarten; seine Stimme wird sehr ins Gewicht fallen und hat Anspruch darauf, von allen Parteien gehört zu werden. Mit dieser Voraussetzung haben wir die ziemlich umfängliche Flugschrift des Dr. Gneist („Die confessionelle Schule. Ihre Unzulässigkeit nach Preußischen Landesgesetzen und die Nothwendigkeit eines Verwaltungsgerichtshofes 2c." 88 S.) gelesen. Wir geben eine kurze Uebersicht ihres Inhaltes.

Mit dem letzten Stadium in der Geschichte der Schulgesetzgebung beginnt der Verfasser seine kritische Beleuchtung des Rechtszustandes des Preußischen Schulwesens. Die Einleitung (Abschn. I.) bespricht das Mißlingen der seit dem Jahre 1819 vorgelegten Schulgesetzentwürfe. Den Grund dieses negativen Resultats findet er in drei Schwierigkeiten: 1) in der Allgemeinheit der Anlage; 2) in der Stellung der Schule zur Kirche; 3) in der Beschaffung der erforderlichen Geldmittel zur Bestreitung der Schullast nach einem richtigen Maßstabe. Durch seine Darlegung hofft er das zweite Hinderniß zu überwältigen, um dann an das dritte zu gelangen — die Beschaffung der Geldmittel. — In dem zweiten Abschnitt erörtert er das gesetzliche Verhältniß der Schule zur Kirche. Indem er auf dieses Verhältniß den Gegensatz, der in den Antithesen „confessionell oder confessionslos" hervortritt, mit

1*

Recht zurückführt, stellt er unter einem weiteren Gesichtspunkte die kirchliche Schule und die Staatsschule einander gegenüber. Er sucht nun nachzuweisen, daß die kirchliche Schule die nach Preußischen Landesgesetzen unberechtigte, die Staatsschule, wie er sie versteht, die allein berechtigte sei. — Die kirchliche Schule, evangelischen wie katholischen Bekenntnisses, definirt er (S. 13) nach 4 Merkmalen: 1) daß der Religionsunterricht ihr Hauptgegenstand ist, für die Volksschule möglicher Weise der einzige Gegenstand; 2) daß alle Lehrgegenstände auch außer dem Religionsunterricht: Sprachen, Literatur, Geschichte, Geographie, Naturwissenschaften, untergeordnet bleiben müssen den höchsten Religionswahrheiten, durchdrungen von kirchlichem Geist, untergeordnet dem Erziehungszwecke der kirchlichen Lehre; 3) daß das Lehrpersonal der kirchlichen Confession angehören muß, da die Anstalt selbst kirchliches Institut ist; 4) daß die Oberaufsicht und die Entscheidungsgewalt über streitige Fragen (jurisdictio) der Kirche aus eigenem Recht gebührt und mit der geistlichen Hierarchie als solcher verbunden erscheint.

In diesen Punkten, sagt er, liegt die Bedeutung der kirchlichen Schule, die man auch confessionelle Schule nennen mag. Das System der kirchlichen Schulen aber ist in Preußen abgeändert schon seit 150 Jahren durch König Wilhelm I. und dann weiter durch drei untrennbare, stetig fortschreitende Principien: 1) durch die Einführung des gesetzlichen Schulzwanges — den entscheidenden Schritt zur Aufhebung des confessionellen Systems der Schulen, vollzogen durch die Edicte König Friedrich Wilhelms I. vom 28. September 1717 und 19. September 1736; 2) durch den Grundsatz der Parität der anerkannten Kirchen in Preußen; 3) durch die vom Staat übernommene Verpflichtung, für den nothwendigen Unterhalt der öffentlichen Schule, theils mittelbar, theils unmittelbar zu sorgen. — Diese schrittweise entfalteten Grundsätze des Preußischen Unterrichtswesens haben ihre Zusammenfassung gefunden im Allg. Landrecht Th. II. Tit. 12. Der leitende Grundsatz ist an die Spitze gestellt (§ 1): daß alle öffentlichen Schulen Veranstaltungen des Staats sind. Daraus folgen die drei Grundprincipien: 1) Der Schulzwang (§ 43 ff.), 2) die Parität der anerkannten Kirchen, durchgeführt im Tit. 11, 12 und in den Schulreglements; 3) der Grundsatz der Unterhaltung des Schulwesens von unten herauf als gemeine Last (§ 29, § 34, § 38).

In Correspondenz mit der gemeinen Last steht das gemeine Recht des Schulbesuchs (§ 10). — Tit. XI., der von den Religionsgesellschaften handelt, hat noch die Benennungen lutherisch, reformirt und katholisch. In Tit. XII., vom Schulwesen, ist dieser Dualismus spurlos getilgt. Hier ist weder von evangelischen, noch katholischen Schulen, noch von irgend einer confessionellen Bezeichnung die Rede. Die einzige Gesetzesbestimmung, welche getrennte Schulen für die Einwohner verschiedener Confession an einem Ort als zulässig voraussetzt, findet sich in § 30. Wenn auch die Namen „Geistliche", „geistliche Schulaufseher" in Tit. XI. noch vorkommen, „da eine Beziehung zum Religionsunterricht und eine Heranziehung der Geistlichen als Hülfspersonal des Staats für die Schulaufsicht nicht vermieden werden konnte", so ist doch jede Erwähnung des katholischen Bischofs, des evangelischen Consistoriums, jede Beziehung der Unterrichtsanstalten auf die Hierarchie der Kirchen (auch der Ausdruck „Schulpatron") vermieden. Keine andere Deutsche Gesetzgebung hat mit solcher Consequenz in Wortfassung und Grundsätzen die Schule als „eine Veranstaltung des Staats" durchgeführt. — Durch die Perioden entgegengesetzter politischer Strömung haben sich diese Grundsätze als Lebensbedingungen Deutscher Staatsbildung behauptet. Das Resultat ist die unbedingte Herrschaft des Staats über die Schule, mit Ausschluß einer Betheiligung der Kirche an der Leitung derselben.

Der dritte Abschnitt handelt von der gesetzmäßigen Verwaltung des Unterrichtswesens in Preußen. Die legale Unterrichtsverwaltung formirt sich in 4 Richtungen: 1) Der Religionsunterricht ist als obligatorischer Theil des Lehrplans der öffentlichen Schule anerkannt. 2) Der wissenschaftliche Unterricht hat neben dem Religionsunterricht eine selbständige Stellung. Volksliteratur, Sprachen, Geschichte, Naturwissenschaften müssen in der Staatsschule von allgemein wissenschaftlichen und pädagogischen Standpunkten aus gelehrt werden. Zu einer anderen Art des Unterrichts darf der Staat die Kinder differenter Confessionen nicht zwingen. Zu einer anderen Art des Unterrichts beizutragen, soll der Staat die Hausväter differenter Confessionen nicht nöthigen. Unter Bedingungen anderer Art kann der Staat die Parität der Confessionen nicht aufrecht erhalten. Die Aufgabe, Geschichte, Volksliteratur, Sprachen, Naturwissenschaften so zu lehren, um auch andere Confessionen an dem Unterrichte Theil nehmen zu laffen, ift jedem Preußifchen Lehrer durch die Landesgefetze geftellt. Daraus ergiebt fich 3) die Bildung eines felbftändigen Lehrperfonals als Folge der Auflöfung der kirchlichen in die Staatsfchule: die rechtliche Selbftändigkeit der Lehrer fordert die Unterfchiedlofigkeit der Confeffion. Nur Zweck= mäßigkeits=Rückfichten können heute noch gelten, um im Allgemeinen die Lehrer mit Rückficht auf die örtlich vorherrfchende Confeffion zu ernennen. Die Frage nach der Confeffion des Lehrers war und blieb eine einfache Folge der Dienftpragmatik. 4) Die Staats= auffich t über das Unterrichtswefen ergiebt fich aus der Natur der öffentlichen Schulen als „Veranftaltungen des Staats." — Dies das legale Verwaltungsrecht des Preußifchen Schulwefens, wie es im Laufe der Regierung Königs Friedrich Wilhelm III. in Ueber= einftimmung mit den Grundfätzen des Allg. Landrechts gebildet wor= den ift. Das Refultat ift eine Schule, in welcher die Religion con= feffionell gelehrt werden muß, die Wiffenfchaft nicht confeffionell gelehrt werden darf, die Staatsauffich t in diefem Sinne gehand= habt werden foll.

Nun beleuchtet der folgende Abfchnitt (IV.) das neuere Verwaltungs=Syftem der „confeffionellen Schulen". Es tritt mit dem Jahre 1840 als Syftem ins Leben. Es will den Schul= zwang nicht aufheben, die Parität der Kirchen nicht aufgeben, die Schullaft als gemeine Laft beibehalten, den ftaatlichen Rechten, den Königlichen Machtbefugniffen eigentlich nichts vergeben; durch das ausführende Perfonal felbft aber follte die Staatsfchule wieder zur kirchlichen Schule werden. Durch Befetzung der Centralftellen, der Provinzialbehörden, der Schullehrer=Seminare follte die Schule wieder in dem Geifte wirken, als ob fie ein kirchliches Infti= tut wäre. Alfo Umkehrung der Gefetze durch die Verwaltung. Unaufhaltfam kommt die neue Richtung zum Durchbruch feit 1848, und zwar zunächft mit den Beftrebungen der katholifchen Kirche nach ihrer Wiederbefreiung vom Staat. Diefer ftärkeren ihrer Ziele klar bewußten Seite folgen dann die kirchlichen Beftrebungen der evangelifchen Seite nach. Das neue Verwaltungsrecht bildet fich zunächft durch eine eigenmächtige Aenderung des Sprachgebrauchs: die öffentliche Schule, in welcher der Religions=Unterricht evangeli= fcher Confeffion ertheilt wird, nennt man evangelifche Schule; diejenige, in welcher der Unterricht katholifcher Confeffion ertheilt

wird, katholische Schule. — Da die mit einem Lehrer ver=
sehene Volksschule nur den einen oder den andern Religions=Unter=
richt ertheilt, so sagt man: die Elementarschule ist nothwendig ent=
weder eine evangelische oder eine katholische. — Da auch die höhe=
ren Schulen der Mehrzahl nach nur den einen oder anderen Reli=
gions=Unterricht ertheilen, so sagt man: auch die höheren Schu=
len sind in der Regel evangelische oder katholische.

Da die Ertheilung eines zweiseitigen Religions = Unterrichts
de facto in einer mäßigen Zahl von Schulen stattfindet, so sagt
man: es giebt auch Simultanschulen; diese sind aber eine
gesetzliche Abnormität, welche nur auf ausnahmsweiser Gestattung
beruht.

Da also in jedem Falle die öffentliche Schule entweder den
Religionsunterricht evangelischer oder katholischer oder beider Con=
fessionen ertheilt, so sagt man: alle Preußischen Schulen sind ent=
weder evangelischer oder katholischer Confession oder Simultanschulen.
Als Princip ausgedrückt: „Die Preußischen Schulen sind
confessionelle Schulen. (S. 41, 42.) Das ist etwas Unerhörtes,
eben so Illegales als Widersinniges. „Eine Anstalt kann keine
„Confession" haben. Allein in dem nun beginnenden Streit ver=
mengten sich alsbald die theologischen, die pädagogischen und die
juridischen Standpunkte zu einem unlösbaren Knäuel. Die Erzie=
hung, sagt man, ist die Basis der Unterrichts = Anstalten; die
Confession ist die Basis der Erziehung: also sind die Preu=
ßischen Unterrichts = Anstalten confessionell." Mit dieser Conclusion
glaubte man mit sich und mit den Landes = Gesetzen im Reinen
zu sein.

Sobald man die Schule für eine confessionelle erklärt, also das
innere Moment des Glaubens an eine äußere permanente Anstalt
heftet, so kommt man nothwendig auf die äußere permanente Ver=
körperung des Glaubens in der Kirche zurück. Das war es,
worauf die kirchlichen Parteien hinstrebten. Die evangelisch= oder
katholisch=confessionelle Schule kann wesentlich nur ein Theil,
ein Glied der evangelischen Kirche und der katholischen Kirche
sein, und damit kehrt der im 18. Jahrhundert in Preußen verlassene
Begriff der kirchlichen Schule zurück. Mit dieser Rückkehr tre=
ten denn auch die rechtlichen Folgen dieses Begriffes in den vier
Richtungen ein: 1) der Religionsunterricht und die religiösen An=

dachten und Uebungen bilden den Haupttheil und Schwerpunkt der Schule, nicht mehr bloß einen obligatorischen, sondern den allein wesentlichen Theil des Unterrichtsplans, 2) die seiner Natur entsprechende Selbständigkeit des wissenschaftlichen Unterrichts, 3) die berufsmäßige Selbständigkeit des Lehrpersonals hört auf; es wird ein kirchliches Personal, wie im Mittelalter, 4) die Oberaufsicht der confessionellen Schule gebührt der Kirche als solcher, nicht dem Staate. Die kirchlichen Obern üben das Aufsichtsrecht nicht in Delegation des Staats, sondern aus eigenem Recht der Kirche; alle Schulpläne bedürfen ihrer Genehmigung; ohne ihre Zustimmung darf keine Aenderung des Schulplans oder organischer Schuleinrichtungen erfolgen; jede endgültige Entscheidung über streitige Fragen, in welchen sie eine confessionelle Seite erkennen, muß den höheren kirchlichen Instanzen zustehen (S. 49). „Die Unklarheit der herrschenden Vorstellungen hat für diesen Inbegriff von Widersprüchen die Formel (Art. 24 der Verf. = Urkunde vom 31. Jan. 1850) erfunden: „Den religiösen Unterricht in der Schule leiten die betreffenden Religionsgesellschaften"; ein Satz, der zwar noch nicht rechtliche Gültigkeit hat (Art. 112 der Verfassungs= Urkunde), welcher aber wahrscheinlich seinen Kreislauf durch die Deutschen Schulgesetze, vielleicht auch durch halb Europa finden wird."

Dies, setzt er hinzu, sind die Folgesätze aus dem System der confessionellen Schulen, welche im Laufe des letzten Menschenalters wirklich aufgetreten sind. Das neue Princip wurde für die Elementarschule mit Leichtigkeit abgeleitet, da solche in der Regel entweder mit einem evangelischen oder einem katholischen Lehrer besetzt ist. Aber auch für die höheren Schulen ist dasselbe in den letzten Jahren zum vollen formulirten Abschlusse gekommen (siehe Wiese's Schulwesen I. S. 20, S. 37). „Das confessionelle Verhältniß: die bisher in Preußen anerkannten höheren Schulen haben einen christlichen Grundcharakter und sind demnach entweder evangelische oder katholische oder paritätisch beiden Confessionen angehörige Simultanschulen. Nach dem confessionellen Charakter der Schule richtet sich die Wahl des Directors und der Lehrer, der Mitglieder des Schulcuratoriums u. s. w." Dieses einfache Resultat wird gewonnen durch die Bildung einer Kette unächter Rechtsbegriffe von stiftungsmäßigen, dotationsmäßigen, observanzmäßigen und simultanen Schulen — deren Entwirrung kaum weniger mühsam sein wird, als ihre Bildung. Mühelos wird der gordische Knoten jedoch von Dr. Gneist entwirrt, d. i. durchschnitten. Weder auf Grund der von ihr und aus ihren Mitteln begründeten Stiftung der Schule, noch auf Grund der von ihr ganz oder zum Theil hergegebenen Dotation, noch auf Grund einer alten und stetigen Observanz darf die Kirche, bez. die Confession, irgend einen Anspruch an die Schule machen. Auch ein Mitbesitz an derselben, eine Mitbetheiligung an der Schulverwaltung, unter welchem Titel es auch sei, kann derselben nicht zugestanden werden. Die Säcularisation der kirchlichen Schule und des an ihr haftenden Kirchengutes ist längst vollendete Thatsache und nun bestehender Rechtszustand. Auch die Staatsregierung hat nicht das Recht, durch Statuten, worin die Anstalt als selbständige juristische Person qualificirt wird, auch ihren confessionellen Charakter bestimmen zu lassen. Confessionslosigkeit dieser moralischen Person ist, nach dem Landrecht, gesetzliche Vorschrift. Das neue Verwaltungsrecht aber behauptet und thut das gerade Gegentheil. Die Grundsätze desselben ergeben als Resultat eine Schule, in welcher nicht nur die Religion, sondern auch die Wissenschaft confessionell gelehrt, darnach das Lehrpersonal confessionell angestellt und darnach auch das Aufsichtsrecht gehandhabt werden soll.

Um solchen (angeblichen) Rechtsverfälschungen, die dem Allg. Landrecht zum Trotz durch bureaukratische Gewaltmaßregeln oder diplomatische Künste in das Schulwesen eingeführt werden, gründlich und für immer ein Ende zu machen, bedarf es eines Verwaltungs-Gerichtshofes, der die Verwaltungsnormen prüft und die streitigen Fragen endgültig entscheidet. Wie sehr ein solcher Gerichtshof Noth thut, beweist der Breslauer Schulstreit, dem Dr. Gneist noch ein besonderes Capitel (V.) widmet. Dr. Gneist erwartet, daß das Abgeordnetenhaus in der nächsten Session nicht noch einmal Fragen dieser Art durch eine verstärkte Unterrichts-Commission verhandeln, sondern daß der Streit über confessionelle oder confessionslose Schule mit einer Adresse an die Krone behufs Einsetzung eines Gerichtshofes zur Entscheidung der streitigen Fragen des Verwaltungsrechts beginnen wird. — Die sogenannte politische Frage des Schulstreits würde damit in eine Rechtsfrage übergehen, was sie von Anfang war. Nur der Verkennung dieser rechtlichen Natur

sei ihr Mißgeschick zuzuschreiben, wiewohl sie ja, wie jede staats=
rechtliche Frage, auch ihre politische Seite hat. „Das seltsame Re=
sultat unserer Behandlung öffentlicher Angelegenheiten", sagt er S. 73
„ist, daß mit Anspannung aller Kräfte und Streitmittel der Inter=
essenten, wie der politischen und kirchlichen Parteien im Lande der
wirkliche staatsrechtliche Streitpunkt nicht einmal zum Vorschein
kommt." Merkwürdig und treffend ist, was er über den Verlauf
dieser Dinge sagt. Schließlich (S. 76) gesteht er, daß in der Ent=
wickelung der modernen Gesellschaft der Sinn für Recht und Ge=
setzlichkeit der schwächste Punkt geblieben ist.

Die Abschnitte VI. „die Versuche einer gesetzmäßigen Begrün=
dung des Systems der Confessionsschulen" und VII. „das confes=
sionelle Hinderniß der Schulgesetzentwürfe" enthalten nach dem Ge=
sagten wenig Neues. Unbedingt verwirft der Verfasser für die An=
sprüche der Kirche, bez. Confession an die Schule die Berufung
eben so wohl auf das historische Recht, als auf Art. 24 der Verf.=
Urk., welcher verordnet: „Bei der Einrichtung der öffentlichen Schu=
len sind die confessionellen Verhältnisse möglichst zu berücksichtigen"
und auf Art. 14: daß bei denjenigen Einrichtungen des Staates,
welche mit der Religionsübung im Zusammenhange stehen, die christ=
liche Religion zum Grunde gelegt werden soll. — Jedem Rechts=
verständigen sagt er, muß einleuchten, daß kein Verwaltungsgerichts=
hof jemals solche Gründe anzuerkennen vermag, daß bei jeder recht=
lichen Behandlung der Schulfrage solche Entscheidungsgründe als
unstatthaft abgelehnt werden müßten. — Abschn. VIII. richtet sich
besonders gegen den neuesten Entwurf vom 2. Novbr. v. J. Wir
übergehen die darin enthaltenen Ausführungen als zur Zeit weni=
ger wichtig.

Die Lösung der dritten Frage, die er im Anfang aufgestellt,
verspricht er in einer angekündigten neuen, uns noch nicht zu Ge=
sicht gekommenen Schrift: „Die Selbstverwaltung in ihrer Anwen=
dung auf das Volksschulwesen. Vorschläge zur Lösung des Schul=
streites in Preußen von Dr. R. Gneist." Der Schluß der uns
vorliegenden Schrift lautet: „Die Streitfrage, von welcher jeder
weitere Schritt abhängig ist, war also bisher unrecht gestellt. Die
Preußische Schule, in welcher die Religion confessionell gelehrt wer=
den muß, die Wissenschaft nicht confessionell gelehrt werden darf,
soll man weder confessionell noch confessionslos nennen. Es han=

delt sich vielmehr um die gesetzmäßige Schule oder klerikale Schule — um Preußische oder unpreußische Schule. Nolumus legem terrae mutari.

Wir meinen das System des Hrn. Dr. Gneist in seiner Schrift getreu widergegeben zu haben und gedenken es in einer Reihe von Artikeln näher zu beleuchten.

II.

Die kirchliche und die Staats-Schule.

Dr. Gneist behauptet die Unzulässigkeit der confessionellen Schule nach Preußischen Landesgesetzen. Die Confessionsschule hätte demnach in Preußen nur eine imaginäre oder eine rechtswidrige Existenz; sie wäre ein Unding oder eine Anomalie. Darin wird der gewöhnliche Menschenverstand sich so leicht nicht finden. Jedermann spricht von evangelischen, katholischen, auch wohl von Simultan-Schulen, mit einem Collectivnamen: von Confessions-Schulen; Jedermann weiß, was darunter verstanden wird. Sollte man den Begriff definiren, man würde ihn kaum anders formuliren als so, wie er S. 41 als amtliche Definition angegeben wird. Diesen gemeinen und amtlichen Sprachgebrauch erklärt Dr. Gneist für incorrect, für eine Neuerung, ja für eine Fälschung. Er ist ihm ein unächter, dem gesetzmäßigen untergeschobener Begriff, entstanden, erfunden und angenommen mit der bestimmten Absicht und Tendenz, dadurch den gesetzlichen Rechtszustand zu verändern und einen principiell verschiedenen an dessen Stelle zu setzen.

Dieser unlautern Absicht und dolosen Tendenz beschuldigt Dr. Gneist die Staatsverwaltung, bez. das Unterrichts-Ministerium seit Eichhorn und v. Raumer. Zwar kann er nicht in Abrede stellen (S. 26 und 39), daß auch der Minister v. Altenstein sich schon der selbst in Königlichen Cabinetsordres vorkommenden Ausdrücke „Confessionsschulen" und „Simultanschulen" bedient, ja daß derselbe die Sache selbst, die Errichtung von getrennten Schulen für den evangelischen und katholischen Theil der Bevölkerung eifrigst

gefördert hat; allein jene „dem theologischen Bildungsgange geläufi=
gen, vom Allg. Landrecht perhorrescirten Ausdrücke sind dem Refe=
renten im Altensteinschen Ministerium unwillkürlich in die Feder
gelaufen." (Seite 27.) Wie sie unterlaufen konnten, wenn sie gar
nicht gebräuchlich, wenn sie sogar illegal waren, und woher Dr. Gneist
weiß, daß dem damaligen Referenten ein theologischer Bildungsgang
anhaftete, wird uns freilich nicht erklärt. Genug, daß auf der spä=
teren Unterrichts=Verwaltung die Hauptschuld lastet, jene unächten
Begriffe in Cours gesetzt, j u r i s t i s c h e F a l s c h m ü n z e r e i getrieben
zu haben. Eine so schwere Anklage trifft nicht allein die Spitzen
der Verwaltung, sondern alle Beamten, namentlich die an der Schul=
Verwaltung betheiligten Juristen und alle Schulmänner, welche bis=
her in gutem Glauben für Schulen bestimmter Confession gewirkt
oder an solchen gearbeitet, ja alle, welche bisher die Schulen, die
sie vor Augen hatten, als evangelische, katholische, jüdische oder ge=
mischte unterschieden und für nach Preußischem Recht bestehende ge=
halten haben. Im Grunde auch die Gegner der confessionellen
Schule. Denn daß confessionell unterschiedene Schulen in Preußen
wirklich existiren, und daß sie zu Recht bestehen, ist auch von den
Gegnern, welche sie erst vernichten wollen, aber noch nicht für ver=
nichtet halten, niemals bestritten worden. Dr. Gneist aber behauptet
das Gegentheil und will es beweisen; er selbst ist der Erste, welcher
den Beweis dafür will gefunden haben.

Daß der Punkt, auf den es eigentlich ankommt, bisher nicht
gefunden, „der wirkliche staatsrechtliche Streitpunkt" gar nicht zum
Vorschein gekommen ist, erklärt er aus der eingerissenen Rechtscon=
fusion. Der ganze Streit über confessionelle oder confessionslose
Schule ist ihm „ein wirrer, in welchem die vorhandenen Gesetze
a l l e n T h e i l e n abhanden gekommen sind. (S. 74.) Staatsbehör=
den und städtische Vertretungen, politische Parteien und Abgeord=
neten=Fractionen sind gleichmäßig auf falscher Fährte gewesen. In
diese Verwirrung der Rechtsbegriffe Licht zu bringen, den vorhan=
denen und vergessenen Gesetzen Achtung zu verschaffen, die auf
unrechte Bahnen abgeirrte Verwaltung zu nöthigen, daß sie auf den
gesetzlichen Boden zurückkehre — das ist die ausgesprochene Absicht,
welche Dr. Gneist in seinem Rechtsgutachten verfolgt. Den fast
unlösbaren Knäuel, zu dem sich in dem Streit um confessionelle
oder confessionslose Schulen die theologischen, die pädagogischen und

juristischen Standpunkte vermengt haben (S. 42) will er entwirren, und uns den Faden, der aus diesem Labyrinth führt, an die Hand geben. Der theologische Standpunkt wird dabei natürlich ganz beseitigt, der pädagogische nur mit Streiflichtern beleuchtet, maßgebend und entscheidend ist allein der einseitig juristische. Daß zu einem gründlichen juridischen Urtheil eine genaue Kenntniß des Rechts= objects gehört und, wo dieses nicht vollkommen durchsichtig ist, Sachverständige und Fachkundige, in Betreff der Schule also Schul= männer und Pädagogen, vielleicht auch Theologen, gehört werden müssen, kommt bei Dr. Gneist nicht in Betracht. Es muß vor= ausgesetzt werden, daß er die Schule in ihrer concreten Gestalt, namentlich die Elementarschule und ihre Lebensbedingungen eben so gut kennt, als die Geschichte der Schule und die Schulgesetzgebung.

Der Punkt, von dem aus er Alles ins Gleichgewicht bringt, ist das Allg. Landrecht Th. II. Tit. 12. Damit soll das ältere Schulrecht aufgehoben, das neuere jetzt geltende in seinen Grund= principien abgeschlossen sein. Die kurze Vorgeschichte (S. 12 und 13 in 25 Zeilen) entwickelt den historischen Charakter der früheren, der kirchlichen (bez. Confessions=) Schule und läßt mit König Friedrich Wilhelm I. eine neue Aera, die der Staatsschule, be= ginnen. Leider sehen wir uns genöthigt, sowohl die Richtigkeit der historischen Unterlage der ganzen Beweisführung, als die Bedeutung des Allg. Landrechts nach der Interpretation, die Herr Dr. Gneist ihr giebt, zu bestreiten. Zuvörderst aber haben wir das Streit= object festzustellen, den Begriff der kirchlichen und Staatsschule näher zu untersuchen.

Wir sind mit Dr. Gneist darüber einverstanden, daß der Ge= gensatz in den Antithesen „confessionell und confessionslos" auf das Verhältniß der Schule zur Kirche zurückgeht, und lassen es uns daher gefallen, daß, unter einem weiteren Gesichtspunkt, kirchliche Schule und Staatsschule einander gegenüber gestellt werden. Die Definition der kirchlichen Schule, welche er giebt, erscheint uns jedoch als eine mangelhafte, den Begriff nicht erschöpfende. Das Merkmal der kirchlichen Schule ist die unbedingte Abhängigkeit der Schule von der Kirche, wie das der Staatsschule die alleinige Abhängigkeit der Schule vom Staat. Nimmt man einmal einen Gegensatz zwischen Kirche und Staat in ihrem Verhältniß zur Schule an, so muß man sagen: Ein jeder der beiden Theile fordert für

sich die alleinige und volle Herrschaft über die Schule in jeder Be=
ziehung, nach der materialen und formalen, sachlichen und rechtlichen
Seite. — Die Kirche fordert die Schule für sich nach göttlichem
Recht; sie ist kraft der von Christus empfangenen Mission die Leh=
rerin der Völker, folglich auch die Erzieherin der Jugend; sie weiß
sich als die Inhaberin und Trägerin der höchsten Wahrheiten, ohne
welche Wissenschaft und Bildung kein festes Fundament haben; sie hat
die Schule gegründet und gestiftet, „die recht eigentlich eine Schö=
pfung und Tochter der Kirche ist; von der kleinsten Dorfschule bis
zu den Universitäten haben sie alle von der Kirche ihren Ursprung
empfangen." (S. den Hirtenbrief des Erzbischofs von Köln in
Nr. 32 der Kreuzzeitung.) Die Kirche hat die Wissenschaft durch
die Zeiten der Barbarei gerettet; sie hat besonders die Germani=
schen Völkerstämme gesittigt und geeinigt; sie hat die Pflege der
Wissenschaften nie aufgegeben und für den Unterricht der Jugend
stets Sorge getragen. Darin erkennt sie eine ihrer wichtigsten
Aufgaben und heiligsten Pflichten, wie denn auch sie selbst der
Schule bedarf und nur mit der Coexistenz der zu ihr gehörigen
Schule ihre eigene Existenz zu behaupten vermag. Deshalb for=
dert sie bezüglich der Schule Alles für sich: den gesammten Unter=
richt, die religiöse und sittliche Erziehung der Schüler, die Lehrer=
bildung und die Disciplinargewalt über den Lehrerstand, der ihr
als clerus minor angehört. Daneben übernimmt die Kirche, in
die Mitte eines bürgerlichen Gemeinwesens gestellt, auch willig die
Aufgabe, dem weltlichen Staat zu seinen Zwecken die wichtigsten
Dienste zu leisten, indem sie ihm seine künftigen Bürger erzieht
und ausbildet; sie ist sich dessen bewußt, daß sie jenen Zwecken um
so besser genügt, je freier und selbständiger sie ihr Werk treiben
darf und je mehr es ihr gelingt, die höchsten, ihre eigenen Zwecke
zu erreichen, welche mit jenen gar nicht im Widerspruche stehen.

Die kirchliche Schule ist also die vom Staat unabhängige,
von der Kirche allein organisirte, von ihr ganz beherrschte, beseelte
und nach allen Richtungen hin bestimmte Schule. Das ist — die
Schule des Mittelalters, wie sie heutiges Tages nirgends
mehr, weder in evangelischen noch in katholischen Ländern, am we=
nigstens in Preußen, oder nur noch in der Theorie, als öffentliche
Schule besteht. Sie hat in Preußen nicht erst durch das Allgemeine
Landrecht, sondern schon seit der Reformation, durch den Uebergang

der Kirchengewalt an die Landesherren, ein Ende genommen. Wenn heutiges Tages von kirchlicher Seite noch Ansprüche auf die volle und ausschließliche Herrschaft der Kirche über die Schule erneuert werden, so ist das nur eine reactionäre Folge der sich immer wiederholenden Angriffe auf den Antheil der Kirche an der Schule, der revolutionären Versuche, sie ganz aus dem Mitbesitz und Anrecht an der Schule zu verdrängen, die Schule zur confessionslosen, d. i. religionslosen zu machen. Denn das wird die von der Kirche völlig gelöste Schule, trotz der beschränkten Zugeständnisse, die jener noch anfänglich gemacht werden, doch in unausbleiblicher Folge.

Der von der Kirche gelöste Staat muß folgerecht die religionslose Schule fordern. Wo Staat und Kirche getrennt sind, da hat die Kirche für den Staat nur die Bedeutung einer Privatgesellschaft, die Religion nur die Bedeutung einer subjectiven Ueberzeugung oder Meinung, die Confession „der klare und bestimmte Ausdruck eines religiösen Glaubens" innerhalb staatlicher Anstalten, öffentlicher Einrichtungen gar keine Stelle. Religiöse Zwecke kann der Staat, so lange er sich selbst nicht an die Stelle der Kirche setzen will, gar nicht befördern; Religionslehrer darf er an der öffentlichen Schule gar nicht dulden, den Religionsunterricht muß er, wie das in den Niederlanden Gesetz ist, in denselben ganz verbieten; Aeußerungen eines bestimmten religiösen Glaubens in der Schule müssen, wie es dort geschehen ist, gesetzlich bestraft werden. Nur weltliche Unterrichtsgegenstände dürfen gelehrt werden; denn es sind nur weltliche, materialistische Zwecke, die der Staat verfolgt. Von Erziehung kann da gar nicht die Rede sein, nur von Unterricht, und zwar von einem Unterricht, aus welchem alles auf das Göttliche und Ewige gerichtete Streben entfernt ist. Meint der religionslose Staat auch ohne Religion sich ethische Zwecke setzen, Sittlichkeit ohne Religiosität pflanzen und pflegen, mitten in der Christenheit ohne das Christenthum Christenkinder erziehen und bilden zu können, so sind das lauter Widersprüche in sich selbst, an deren praktische Lösung denn auch nicht einmal die Hand gelegt wird. Consequent sind daher auch nur die fortgeschrittenen Liberalen, die Radicalen, welche die Ausschließung des Religionsunterrichts von dem Lehrplan der öffentlichen Schule fordern und ihn außerhalb der Schule den kirchlichen Gesellschaften überweisen. Die Nationalzeitung hat im Jahre 1867, bei der Besprechung des dem Herrenhause vorgelegten Schuldotationsgesetzes, in mehreren Leitartikeln jene Forderung unumwunden an die Spitze gestellt. Ihre Musterschule ist die heutige Niederländische. Der Pädagog oder Schulmann, welcher sich dort vernehmen ließ, bediente sich ungefähr derselben Argumente gegen die mit der Religion und Kirche noch irgendwie zusammenhängende Schule, als unser berühmter Jurist gegen die confessionelle Schule.

Zum Glück bewegt sich in Preußen der ganze Streit über kirchliche oder Staats=Schule, confessionelle oder confessionslose Schule zur Zeit noch auf dem Boden der Theorie, innerhalb der parlamentarischen oder literarischen Debatte. Thatsächlich liegen Staat und Kirche nicht im Streit über die Herrschaft der Schule, die Herrschaft ist längst von der Kirche auf den Staat übergegangen. Nur nicht in der Weise, daß der Staat die Kirche aus dem Hause, das sie besaß, herausgeworfen und sich allein in Besitz desselben gesetzt hätte. Eine solche Gewaltthätigkeit ist auch der absoluten Monarchie und dem Preußischen Staatsrecht fremd geblieben. Der Staat hat es nicht gegen sein Interesse gefunden, auch den Zwecken der Kirche in der von ihm beherrschten Schule Raum zu gönnen; er hat es in seinem Interesse gefunden, die Mitwirkung der Kirche zur Förderung seiner Zwecke in Anspruch zu nehmen. Der Staat hat der Kirche ihr Anrecht an der Schule als einer Vorbereitungsanstalt für die kirchliche Gemeinschaft nie bestritten, nie entzogen; nur sein Recht in Beziehung auf die politische Gemeinschaft hat er vorangestellt. Die Kirche dagegen hat sich beschieden, in die zweite Linie zurück zu treten, die evangelische Kirche mit dem Bewußtsein, daß das so in der Ordnung, die katholische, daß es an der Zeit sei, und daß die Kirche sich in die Zeit schicken müsse, nur unter der Bedingung, „daß die Schule dem Einflusse der Kirche so weit geöffnet sein muß, als es nothwendig ist, damit diese für den christlichen Geist der Schule Bürgschaft leisten könne." (S. den Hirtenbrief des Erzbischofs von Köln vom Februar 1867.) Dieser Einfluß ist ihr thatsächlich vielfach verkümmert, grundsätzlich nie gewehrt worden. Der Gegensatz von Kirche und Staat und der Kampf zwischen Beiden um die Herrschaft in den sogenannten gemischten Gebieten ist überhaupt ein moderner, ein durch die politischen Bewegungen und Parteien, welche die Französische Revolution hervorgerufen hat, auf die Spitze getriebener, vornehmlich in den katholischen Staatsgebieten. Vor der Reformation herrschte darin die Kirche, die Reformation suchte das Band zwischen Staat und Kirche als göttlichen Ordnungen herzustellen. Die Revolution forderte die unbedingte Herrschaft des Staats mit Ausschluß der Kirche. In Preußen gilt als das Rechte und Rechtmäßige der Bund des Staats und der Kirche, in Beziehung auf die Schule die Herrschaft des Staats im Bunde mit der Kirche, die confessionelle Schule, die zugleich kirchliche und Staats-Schule ist.

Den von Hrn. Dr. Gneist formulirten Begriff von der kirchlichen bez. confessionellen Schule müssen wir daher für einen incorrecten, unwahren erklären; er beruht auf einer Verwechselung der mittelalterlichen Kirchenschule mit der neueren Confessionsschule, die man auch Staatsschule nennen mag, und — auf Uebertreibung. Wird die letztere auf ihren wahren Inhalt ermäßigt, so bleibt von den vier angegebenen Merkmalen der kirchlichen Schule nur übrig: 1) daß die Unterweisung in der Religion der wichtigste Gegenstand des Schulunterrichts und der Schulerziehung ist (nicht, daß der Religionsunterricht den größten Raum im Lehrplan einnehmen müsse, noch weniger, daß er für die Volksschule möglicher Weise der einzige Gegenstand sei — Forderungen, die von kirchlicher Seite nie aufgestellt worden sind, — sondern seiner Dignität nach der wichtigste). 2) Daß derselbe nicht außer Zusammenhang mit den übrigen Unterrichts-Gegenständen und nicht ohne Einfluß auf ihre Behandlung ist, daß die religiöse Anschauung diese besonders auf den ethischen Gebieten wesentlich bedingt und modificirt. 3) Daß der Religionsunterricht nur von Lehrern, welche selbst eine bestimmte religiöse Ueberzeugung haben, ertheilt werden und bei den Schülern nur Frucht schaffen kann, wenn die anderen Disciplinen, beziehungsweise die anderen Lehrer sich mit demselben nicht in Widerspruch setzen, der eine nicht zerstört, was der andere aufbaute. 4) Daß Inhalt und Form des Religionsunterrichts nicht der Willkür und dem Belieben des einzelnen Lehrers überlassen werden kann, sondern daß es eine objective Norm dafür geben muß; daß noch weniger die religiöse und sittliche Erziehung der Jugend von einander widerstreitenden Principien und deren Trägern geleitet werden könne, sondern daß sie eine einheitliche sein müsse, das Urtheil darüber aber den sachkundigen Obern, Pädagogen und Theologen gebühre und daher den organisirten Religions-Gesellschaften ein Antheil an der Beaufsichtigung und Leitung der Schule zustehe.

Das sind Wahrheiten, die von allen namhaften Pädagogen und praktischen Schulmännern, unseres Wissens auch von unparteii- schen Juristen, als in Recht und Verfassung begründete anerkannt werden. Werden sie bestritten, so wird unter dem Titel der con- fessionellen Schule nicht nur die kirchliche, sondern überhaupt die christliche, ja eine jede noch mit einer positiven Religion zusammen- hängende Schule für unmöglich erklärt. Das dürftige Zugeständ- niß, welches der Religion, bez. der Confession im Lehrplan der Schule einstweilen noch einige Stunden wöchentlich (wenn noch so viel) einräumt und den Religionsunterricht als einen von den übri- gen ganz abgeschlossenen Fachunterricht stehen läßt, setzt den- selben eigentlich auf den Aussterbe-Etat; es behandelt ihn, wie eine belagerte Festung, die man einschließt, um sie durch Hunger zur Uebergabe zu zwingen. Wir ziehen den offenen kühnen Sturm der langsamen Aushungerung vor. Zwar würde dabei eher die Schule als die Religion verhungern; das System aber bleibt in dem einen und dem anderen Falle Krieg auf Leben und Tod. Und dieses System soll, nach Dr. Gneist, auf das Landrecht gegründet, Preußisches Recht sein. Welcher Nicht-Jurist wird darüber nicht staunen?

* * *

III.

Die „neue Aera" der Schulgesetzgebung und der Schulzwang.

Dr. Gneist behauptet, daß mit König Friedrich Wil- helm I. eine neue Aera der Schulgesetzgebung begonnen, die sich dann im Allg. Landrecht fixirt habe. Es fehlt jedoch der historische Nachweis, daß König Friedrich Wilhelm I. die Schulgesetzgebung in einem anderen Sinne als seine Vorgänger in der Regierung be- handelt, geschweige denn ein entgegengesetztes System zur Geltung gebracht habe. Dr. Gneist findet diesen Nachweis zwar in den Edicten vom Jahre 1717 und 1736, in welchen nicht mehr die kirchliche Obrigkeit, sondern der Gesetzgeber, d. i. der Staat die nur durch seine Macht durchzuführenden Anordnungen getroffen habe. Allein der Unterschied zwischen dem Inhaber der Kirchengewalt und dem Träger der politischen Macht in der Person des Landesherrn war längst v o r Friedrich Wilhelm I. verschwunden. Die unbedingte und ausschließliche Herrschaft der Kirche über die Schule hatte schon seit der Reformation aufgehört, erst in den protestantischen, dann in den katholischen Landestheilen Deutschlands. Wir bestreiten, was Dr. Gneist (S. 43) behauptet, daß die R e f o r m a = t i o n das Verhältniß der Kirche und des Staates zur Schule in Deutschland, wie in England, zunächst unverändert gelassen habe. Die Reformatoren forderten von den weltlichen Obrigkeiten als deren Recht und Pflicht die Errichtung und Ausstattung von Schulanstalten, deren die bürgerliche Gesellschaft nicht minder als die kirchliche bedarf. Die evangelischen Landesherren und die reichsstädtischen Obrigkeiten erließen aus eigener Vollmacht Schulordnungen, welche das ganze Schulwesen regelten und bestimmten. Vorzüglich waren es die H o h e n z o l l e r n, welche sich die Förderung des Schulwesens in ihrem Lande angelegen sein ließen. *) Schon Kurfürst Johann Georg erließ 1573 eine vollständige Schulordnung für die Kurmark Brandenburg; der große Kurfürst setzte dieselbe, nach den Zerrüttungen des dreißigjährigen Krieges, von Neuem in Kraft und gab eine ähnliche für die westlichen Gebiete seines Landes, für die reformirten Gemeinden Rheinlands im Jahre 1662, für die lutherischen von Cleve=Mark im Jahre 1687. In der von König Friedrich I. im Jahre 1710 erlassenen Schulvisitationsordnung tritt der Landesherr in seiner Machtvollkommenheit, als selbständiger Inhaber des Schulregiments, ohne den Charakter einer kirchlichen Obrigkeit, schon eben so bestimmt auf als in den Edicten seines Nachfolgers in der Regierung.

Es war in der That gleichgültig, in welcher Eigenschaft, ob vorwiegend als staatliche oder als kirchliche Obrigkeit, der Landesherr die Schulgesetze gegeben und in welcher Form, ob als Anhang der Kirchenordnung oder in besonderer Fassung er sie publicirt hatte. Denn auch das Kirchenregiment war, innerhalb bestimmter Grenzen,

---

*) S. die kürzlich im Verlage von C. Meyer in Hannover erschienene Schrift: „Die H o h e n z o l l e r n u n d d i e V o l k s s c h u l e. Ein Beitrag zum richtigen Verständniß des Preußischen Volksschulwesens."

dem Landesherrn als solchem übertragen, und das Schul=
regiment ward ihm nicht bloß als Annexum von jenem zuerkannt.
Damit war ja schon Kaiser Karl der Große, der es ganz als seine
Domäne behandelte, vorangegangen. Als nun vollends das pro=
testantische Kirchenrecht von dem episcopalen allmählich zu dem
Territorial=System (cuius regio eius religio) übergegangen war,
mußte der Begriff des Landesherrn den des kirchlichen Regenten,
die staatliche die kirchliche Autorität völlig absorbiren. Zur Zeit
König Friedrich Wilhelms I. war das Territorial=System, so wie der
monarchische Absolutismus in seiner schönsten Blüthe. Gleichwohl
unterscheiden sich seine Edicte von denen seiner Vorgänger weder
durch eine veränderte Stellung des Gesetzgebers, noch durch eine
den kirchlichen Interessen abgewandte Richtung. Es ist bekannt, in
wie hohem Grade der König dem christlichen Glauben und kirch=
lichen Bekenntniß zugethan war, wie ihm die christliche Erziehung
und Bildung der Jugend am Herzen lag, wie seine im Jahre 1713
erlassene Schulordnung und die principia regulativa vom Jahre
1736 das christliche Princip und den Zusammenhang mit der Kirche
auf das Stärkste betonen.

Die neue Aera der Schulgesetzgebung vor 150 Jahren ist eine
historische Fiction, und es ist ein seltsames Mißgeschick, daß gerade
Friedrich Wilhelm I. zu ihrem Schöpfer gemacht wird. Durch
diesen Monarchen ist eben so wenig die kirchliche Schule, so weit
die öffentliche Schule diesen Charakter trug, d. i. die confessionelle
Schule vernichtet, als die Staatsschule in dem Sinne des Dr. Gneist
etablirt worden. Eben so wenig durch das Allg. Landrecht. Die
drei Factoren der neuen Aera des Dr. Gneist — drei gesetzliche
Principien nennt er sie — der Schulzwang, die kirchliche
Parität, die Schullast beweisen nicht gegen, sondern für die
Einrichtungen, auf welche sie sich bezogen.

Die allgemeine Schulpflichtigkeit haben schon die
alten Schulordnungen. Allerdings betrachten sie die Pflicht des
Schulbesuches mehr wie eine moralische als staatsbürgerliche; sie
kennen noch keinen gerichtlichen und polizeilichen Executor, noch nicht
Geld= oder Gefängnißstrafen, um den Schulbesuch zu erzwingen; sie
wenden sich an die Kirche und ihre Diener, um durch seelsorgerlichen
Einfluß auf das Gewissen und den Willen der Eltern oder ihrer
Stellvertreter sie moralisch zu nöthigen, daß sie die Kinder zur

Schule anhalten. „Die Pfarrer und Prediger (sagt die Schul=
Ordnung des Churfürsten Joh. Georg v. J. 1573) sollen öffentlich
verkündigen und vermahnen, daß ein Jeder seine Kinder, so bald
sie nur Alters halber dazu tauglich, in die Schulen, den gottlosen
Müßiggang zu meiden, schicken und in Gottesfurcht und guter
Disciplin erziehen lassen sollen.“ Die Erziehung, die religiöse
Erziehung, wird hier als der Hauptzweck angegeben. Ganz in
gleicher Weise heißt es in der Kirchen= und Schul=Ordnung Königs
Friedrich Wilhelm I. v. J. 1713: „Den Inspectoren und
Pastoren liegt sonderlich ob, die Eltern zu ermahnen, daß sie ihre
Kinder, so bald es Alters halber geschehen kann, zu den Schulen
schicken und nicht als mit Vorwissen des Predigers des Orts wieder
herausnehmen, welcher ermessen soll, ob das Kind im Christenthum
nothdürftig unterwiesen und die Fundamente der christlichen Religion
verstehe, darnebst fertig genug lesen, auch nothdürftig schreiben
kann.“ — Die Autorität der Kirche schien damals noch ausreichend,
um die Erfüllung der Schulpflicht zu bewirken; es ward noch nicht
daran gedacht, den Seelsorger durch den Büttel, die pastorale Er=
mahnung durch die Drohung mit dem Gefängniß zu ersetzen. Das
von König Friedrich II. für die gesammte Monarchie erlassene Ge=
neral=Landschulreglement vom 12. August 1763 ordnet allerdings
schon Zwangsmittel und Geldstrafen gegen Eltern und deren Ver=
treter, „welche die Kinder vom Schulegehen zurückhalten“, an;
allein es läßt diese „Remedur“ als äußerstes Mittel nur eintreten,
wenn die Ermahnung des Seelsorgers fruchtlos geblieben ist. Die
in demselben Reglement angeordneten sogen. Schulpredigten sind bis
auf die neueste Zeit in Uebung gewesen.

Das Allgemeine Landrecht, welches in § 43 Tit. 12 Th. II.
die allgemeine Schulpflichtigkeit ausspricht, macht die Fortsetzung des
Schulunterrichts, bez. die Entlassung aus der Schule von „dem
Befinden des Seelsorgers“ abhängig, setzt also confessionelle
Schulen und Schulgemeinden voraus, setzt auch Schulversäumniß=
strafen nicht ausdrücklich fest. Der Schulzwang, in dem Sinne,
den wir heute damit verbinden: Nöthigung der unterrichtsfähigen
Kinder zum regelmäßigen Besuch der öffentlichen Schule durch fest=
gesetzte Schulversäumnißstrafen — ist daher noch keine alte Tradi=
tion; erst allmählich hat dieser Begriff sich fixirt und verschärft;
noch heute streiten die Juristen darüber, ob die fragliche Strafe

als Executionsmittel oder Pön anzusehen sei. Thatsache ist es, daß der Staat bei Durchführung der Schulpflichtigkeit die Kirche und ihre Diener zu Hülfe genommen hat, und daß aus Anlaß des Schulzwanges zwischen dem bürgerlichen Recht und der Confession nie ein Conflict entstanden ist. Wie sollte er auch entstehen? Der Schulzwang nöthigte die schulpflichtigen Kinder doch nur, die Schulen ihrer Confession und nur ausnahmsweise, wenn solche nicht vorhanden waren, christliche Schulen einer anderen Confession zu besuchen.

Das (wendet Dr. Gneist ein) mochte angehen, so lange Confession und Schulgemeinde sich deckten. Sobald aber in e i n e r und d e r s e l b e n Schule Kinder verschiedener Confessionen in einem Unterrichtsplan zwangsweise vereinigt wurden, mußte der Conflict entstehen. Nach der Besitznahme von Schlesien, noch mehr nach den Territorial-Veränderungen, welche der Reichsdeputations-Hauptschluß von 1803 herbeigeführt hatte, machte die Mischung katholischer und evangelischer Glaubensgenossen die confessionelle Schule unmöglich. „Unter solchen Verhältnissen, sagt er (S. 14), wurde es immer einleuchtender, daß die Schule, in welche d e r S t a a t von Staatswegen die Jugend des Landes hineinzwingt, nicht mehr die kirchliche Schule sein kann. Es widerspräche das eben so sehr dem Wesen des Staats, wie dem Wesen der Kirche. So wenig der Staat evangelische Kinder in katholische Kloster- und Stiftsschulen, so wenig darf er katholische Kinder in Schulen hineinzwingen, in denen der Heidelberger oder Luthers Katechismus die entscheidende Grundlage alles Unterrichts sein soll. Es wird sichtbar, daß mit dem ausgesprochenen Schulzwang der Staat die Pflicht zur Leitung des gesammten Schulwesens übernommen hat, um der Schule d i e Gestalt zu geben, in welcher Kinder anderer Confessionen o h n e Gewissensdruck an dem Unterricht in den Wissenschaften Theil nehmen können." — Seltsame Schlußfolgerungen. Um den gemischten Confessionen gerecht zu werden, muß man eine jede Confession aus der Schule ausweisen, oder sie wenigstens auf den engsten Raum in der Schule beschränken und von aller Communication mit dem übrigen Unterricht absperren und ihr allen Einfluß auf die Erziehung abschneiden. Man sollte meinen: Je mehr die locale Mischung der Bevölkerung von verschiedenen Confessionen zunimmt, desto sorgfältiger müßten die confessionellen Verhältnisse be-

rückſichtigt werden, deſto gewiſſenhafter müßte die ſtaatliche Schul=
verwaltung den Bedürfniſſen einer jeden Confeſſion Rechnung tragen.
Und in der einfachſten Weiſe würde das geſchehen, wenn die Schulen,
ſo viel als möglich, nach den Confeſſionen geſondert würden, eine
jede Confeſſion ihre eigene Schule erhielte, und, wo dies nicht mög=
lich wäre, wenigſtens für den beſonderen Religions=Unterricht der
Minorität geſorgt, — nur, wo letztere zu klein wäre, um die An=
ſtellung eines beſonderen Religionslehrers für ſich beanſpruchen zu
können, dieſelbe damit auf den Privat=Unterricht verwieſen, — übri=
gens ein jeder Schüler von der Theilnahme an dem Religions=
Unterricht einer fremden Confeſſion dispenſirt würde. Das iſt, ſo
viel wir wiſſen, auch die Anſchauung und Vorſchrift des Allg. Land=
rechts (§ 10 u. 11. Tit. 12. Thl. II.), das war die Anſicht und
Praxis aller Preußiſchen Miniſterien; das ſcheint uns weder dem
Weſen des Staats, noch dem Weſen der Kirche zu widerſprechen,
ſondern das einzige Verfahren zu ſein, durch welches einfach Ge=
rechtigkeit gegen alle Theile geübt wird. Herr Dr. Gneiſt aber
macht (mit Hülfe pikanter Illuſtrationen von Kloſter= und Stifts=
ſchulen, Heidelberger und Luthers Katechismus als Unterrichts=Kanon)
aus denſelben Prämiſſen den Schluß, daß die Schule weſentlich eine
andere werden, daß ſie den confeſſionellen Charakter ganz aufgeben
und ſich zu einer confeſſionsloſen (obgleich er den Ausdruck ver=
meidet) umgeſtalten müſſe.

Wir ſchließen: Weil der Staat es als ſeine Pflicht übernimmt,
für den Unterricht der ihm angehörigen Jugend nach dem vorhan=
denen Bedürfniſſe Sorge zu tragen, darum hat er auch das Recht,
einen Schulzwang einzuführen. Umgekehrt ſchließt Dr. Gneiſt:
Weil der Staat einen Schulzwang ausübt, darum hat er auch das
Recht, den Schulunterricht ganz nach ſeinem Ermeſſen zu beſtimmen
und der Schule die ihm beliebige Geſtalt zu geben. Doch, wir
wollen ihm nicht Unrecht thun. In ſeine Argumentation führt er
ein neues Princip ein, das der Gewiſſensfreiheit. Gewiſſens=
druck — iſt das Stichwort, mit welchem er von der confeſſionellen
Schule abſchreckt. Am Schluſſe ſeiner Schrift (S. 85) kommt er
darauf zurück. „Es iſt," ſagt er, „eine Folge unſerer Freizügigkeit,
daß in allen Kreiſen neben der Majoritäts=Confeſſion noch eine
Minorität der andern Confeſſion ſich niedergelaſſen hat; daß in den
tauſend Städten das längſt die ausnahmsloſe (?) Regel iſt, in den

Dörfern dieses Verhältniß mit jeder Volkszählung rapide zunimmt (?). Wie kann man in dieses Gemeindeleben ein Gesetz einführen wollen: die Katholiken sollen eine katholische, die Evangelischen eine evangelische, die Juden eine jüdische Schule für sich haben? Es ist das einfach unmöglich (?). Ein Schuldecernent mag sich darüber hinwegsetzen in der Meinung, daß es auf „ein paar Kinder“ nicht ankomme, welche man in der Confessionsschule der anderen Religionspartei mit unterstecke. Allein es ist eine sehr ernste Sache mit dem gesetzlichen Schulzwange im Verhältniß zu dem Gewissen der Menschen, und darüber sollten theologisch gebildete Männer sich am wenigsten hinwegsetzen. Je mehr es ihnen gelingt, der Schule den kirchlichen Parteicharakter aufzudrücken, um desto weniger werden sie hinwegkommen über die Reclamationen jedes einzelnen Familienvaters, der dagegen protestirt, seine Kinder in Schulen hineinzuzwingen, in welchen der ganze Unterricht im Lesen und Schreiben tief durchdrungen von der katholischen Glaubenslehre sein soll (und umgekehrt). Die „paar Kinder“ werden, sobald einmal die gesetzliche Regel ausgesprochen ist, unabsehbare Schwierigkeiten bereiten. Die Schulverwaltung bringt sich selbst in eine unerträgliche Lage durch Aufstellung einer Regel, welche sie zur Zeit in hundert Fällen einer berechtigten Reclamation neunundneunzigmal nicht ausführen kann.“

Abgesehen von der Zweifelhaftigkeit der statistischen Angaben und der falschen Darstellung des Wesens der Confessionsschule acceptiren wir bestens das Princip der Gewissensfreiheit und den Abscheu vor dem Gewissensdruck. Die gröbste Gewissenstyrannei aber würde es sein, wollte man evangelische oder katholische Eltern zwingen, ihre Kinder in confessionslose d. i. religionslose Schulen zu schicken. Ein religiöser Vater, eine fromme Mutter werden es in jedem Falle vorziehen, ihre Kinder, wenn sie eine Schule ihrer Confession nicht haben können, in die Schule einer andern Confession als die ihrige ist, d. i. doch in eine christliche, als in eine des kirchlichen und christlichen Charakters ganz entkleidete, das Princip christlicher Erziehung ganz ausschließende Schule zu schicken. „Gelänge es den antichristlichen Parteien in unserem Lande, wo der gesetzliche Schulzwang besteht, solche confessionslosen Schulen an die Stelle der jetzigen zu setzen, dann würde eben dadurch die Gewissensfreiheit im höchsten Grade verletzt und geknechtet werden." Dieser Erklärung des Erzbischofs von Köln wird jeder gläubige Christ, er sei katholisch oder evangelisch, völlig beistimmen. Wir können dem Dr. Gneist versichern, daß seine in der That confessionslose Staatsschule, wenn sie je gesetzliche Anstalt werden könnte, von Seiten der kirchlich Gesinnten eine Masse von Reclamationen und Protesten hervorrufen und daß es dabei nicht bleiben würde. Die große Zahl der bei dem Herren= und Abgeordnetenhause gegen die confessionslose Schule eingereichten Petitionen könnte ihn schon darüber belehren. Ja: es ist eine sehr ernste Sache um den gesetzlichen Schulzwang im Verhältniß zu dem Gewissen des Menschen, und darüber sollten auch Juristen sich nicht hinwegsetzen.

Der gesetzliche Schulzwang erstreckt sich bekanntlich nur auf die Elementarschulen. Herr Dr. Gneist kennt aber auch einen thatsächlichen Schulzwang für die höheren Schulanstalten, der aus den localen Verhältnissen hervorgeht. Daraus soll eine gleiche Behandlung der Schulpflicht wie bei der Elementarschule und eine gleiche Verpflichtung der Staatsregierung, die Schule Jedermann ohne Unterschied der Confession zugänglich zu machen, sich ergeben. Beides entbehrt jeder Begründung. Wie keine Commune genöthigt wird, höhere Schulanstalten zu errichten, so wird auch kein Familienvater genöthigt, seine Kinder in eine höhere Schule zu schicken; eben so wenig ist aber auch der Staat verpflichtet, denen, die das wollen, die Benutzung derselben bequemer und wohlfeiler zu machen oder gar die Organisation der höheren Schulen nach den Ansprüchen der einzelnen Nutznießer einzurichten. Nur so weit das Rechtsgebiet des Staates reicht, so weit geht auch sein Pflichtenkreis. Müßte er ihn nach den verschiedenartigen Interessen der Einzelnen erweitern, es würden wunderliche einander widerstreitende Ansprüche und seltsame Gestaltungen zum Vorschein kommen. Der vorgebliche thatsächliche Schulzwang ist ein Factor, mit dem sich nicht rechnen läßt.

Endlich sollte ein Mann des Rechts, ein Staatsmann, sich doch darauf besinnen, daß der Schulzwang eine Institution des absolutistischen Staats ist. Der an die Stelle desselben getretene verfassungsmäßige Staat kann sich diese Erbschaft nicht ohne Weiteres aneignen; er kann den Grundsatz: Sic volo, sic jubeo, auch unter dem Vorgeben, daß er nur le salut public wolle, nicht zu dem seinigen machen. Er muß zu einer in die persönliche Freiheit und

in das Familienrecht so tief eingreifenden Institution die Zustimmung der Interessenten haben. Dr. Gneist erwähnt (S. 15), im
Abgeordnetenhause sei von ultramontaner Seite „die Aufhebung des
Schulzwanges und aller seiner Folgen und die volle Unterrichts-
freiheit für Jedermann" leise angedeutet worden. Wir nehmen,
von protestantischer Seite, keinen Anstand, jene Forderung, despoti-
schem und jakobinischem Absolutismus gegenüber, laut und nach-
drücklich für eine vollberechtigte zu erklären. „Der Staat und die
Kirche (wendet Dr. Gneist ein) vermögen ihre höchsten Aufgaben,
wenn sie einmal ergriffen und ausgesprochen sind, nicht mehr auf-
zugeben." Mit einer geschickten Wendung werden in dieser Phrase
Staat und Kirche parallelisirt; denn von der Kirche versteht diese
Aussage sich von selbst; sie enthält auch Wahrheit, wenn Staat
und Kirche nicht bloß parallelisirt, sondern auch combinirt werden.
Werden beide getrennt, dann leidet sie auf den Staat nur eine be-
dingte Anwendung.

Der religionslose, der materialistische Staat hat, wie
z. B. in Nordamerika, gar kein Verhältniß zur Schule; er muß sie
freigeben und dem Willen der Familie oder der freien Association
überlassen. Nur einen indirecten Einfluß kann er auf die Schule
ausüben, in sofern er für den Staatsdienst, d. i. in seinem eigenen
Interesse, gewisse Kenntnisse und Fertigkeiten fordert, die in der
Schule erworben werden, allenfalls auch Gelegenheiten, sich diesel-
ben zu erwerben, schafft und zu freier Benutzung darbietet.

Der sogenannte Rechtsstaat, dessen erste Aufgabe es ist,
Recht und Freiheit des Individuums sicher zu stellen, kann die
Schule nicht als seine Domäne beanspruchen; er kann nur ein ver-
tragsmäßiges Verhältniß zu ihr haben, nur eintreten, wo die Thätigkeit von Privaten und Gesellschaften nicht ausreicht, diese auf-
muntern und unterstützen, die freie Concurrenz befördern; er mag
auch — mehr im Interesse der Armenpflege als der Volksbildung —
Schulen einrichten und unterhalten, in denen der ärmeren Volks-
klasse der ihr unentbehrliche Unterricht unentgeltlich ertheilt wird,
übrigens die Oberaufsicht des Schulwesens sich vorbehalten. Von
Schulpflicht und Schulzwang kann da aber nicht die Rede sein.
Das Beispiel Englands stellt dieses System in das hellste Licht.
Wie schreiend dort auch die Nothstände sind, welche aus dem Man-
gel einer allgemeinen Volksbildung, aus der Verwilderung einer

ohne Schulunterricht aufwachsenden Jugend hervorgehen; wie sehr auch die wohlthätigen Wirkungen der allgemeinen Schulpflichtigkeit in Preußen anerkannt und gepriesen werden, wie lebhaft auch die Einführung derselben von manchen Seiten gewünscht wird; doch sträubt sich nicht nur die nationale Sitte, sondern auch das Rechtsgefühl des Engländers gegen den Schulzwang, die Britischen Staatsmänner erklären ihn für unmöglich. Bei uns ist die Nation daran gewöhnt; die kirchliche Disciplin und Sitte hat ihn eingeführt, das militärische Regiment ihn zum Gesetz gemacht. Schulpflicht und Wehrpflicht gehören zusammen; der Preußische Staat ruht auf seinem Heer- und Schulwesen. Aber nicht allein auf die eiserne Nothwendigkeit, auf die Tradition des Absolutismus stützt sich die Rechtfertigung des Schulzwanges; sie hat edlere Gründe für sich.

Der christliche Staat, die höchste sittliche Gemeinschaft für irdische Zwecke, die alle Lebensverhältnisse der ihm Angehörigen umfaßt, erachtet es für eine seiner wichtigsten Pflichten, für die Erziehung der Jugend und die Bildung des Volkes Sorge zu tragen; er übernimmt diese Fürsorge für Alle im Namen Aller, und hat, indem er sie ausübt, auch einen Anspruch auf ihr bereitwilliges Entgegenkommen; er hat das Recht, ihnen ethische Aufgaben zu stellen, positive Pflichten aufzuerlegen; er darf gegen die Nachlässigen und Pflichtvergessenen auch gesetzliche Zwangsmittel in Anwendung bringen. Indem er die christliche Familie ergänzt, darf er auch die väterliche Autorität und Gewalt für sich geltend machen. Die Voraussetzung aber ist immer die, daß er als Mandatar seiner Angehörigen ihre wirklichen Interessen wahrnehme, ihre Eigenthümlichkeit berücksichtige, ihre Person moralisch vertrete. Zu ihrer Persönlichkeit gehört unzweifelhaft auch ihre Confession. Der Schulzwang macht den dem Herrn Dr. Gneist so verhaßten Artikel 24 der Verfassungs-Urkunde, nach welchem die confessionellen Verhältnisse möglichst zu berücksichtigen sind, zur politischen, rechtlichen und moralischen Nothwendigkeit.

Die Aufgabe der Volksbildung und Jugenderziehung vermag der Staat nicht ohne den Dienst und die Hülfe der Kirche zu lösen, er müßte sich denn erst selbst vom Christenthum lossagen und als einen religionslosen constituiren; dann würde ihm aber auch die Schule entfallen. Der christliche Staat im Bunde mit der Kirche, das giebt das rechte Verhältniß zur Schule. Und der

Preußische Staat ist, Gott Lob! noch ein christlicher. Der christliche Charakter ist ihm nicht nur in Art. 14 der Verfassungs-Urkunde gewahrt; er ist auch durch die Geschichte seinem innersten Wesen unvertilgbar eingeprägt. Und wie viele unchristliche Elemente auch in sein öffentliches Recht und Leben eingedrungen sind, die Schulgesetzgebung hat in bewundernswerther Continuität den christlichen Charakter behauptet und die Verbindung mit der Kirche aufrecht erhalten. Ob das Allg. Landrecht das Gegentheil beweise, wird näher zu prüfen sein.

Die Parität der anerkannten Kirchen in Preußen, welche Dr. Gneist als zweiten Grundsatz gegen die confessionelle Schule in das Feld führt, hat nur Bedeutung, wenn man den unrichtigen Begriff der letzteren adoptirt und eine bis zur Emanation des Allg. Landrechts fortgesetzte Regierung der Kirche über die Schule annimmt. Das durch die Parität veränderte Verhältniß der Kirche zum Staat charakterisirt Hr. Dr. Gneist sehr treffend, nur daß die Veränderung früher, als er annimmt, eingetreten ist. Er nennt dieselbe (S. 16) nicht Depossedirung, wohl aber Mediatisirung der kirchlichen Regierung der Kirche über die Schule; damit sei die regierende Kirche in die Stellung der anerkannten Kirche übergetreten. Ganz unbegründet aber ist die Folgerung, daß derselben nun von ihrem Antheil an der Unterweisung und Erziehung der Jugend in der öffentlichen Schule nichts als ihr Religionsunterricht, wenn auch als obligatorischer Theil des Unterrichtsplanes übrig geblieben sei. Es wäre eine sonderbare Erweisung paritätischer Gerechtigkeit, wenn beiden Theilen von ihrem Besitz so viel als möglich genommen, jedem Theile nur ein Minimum gelassen und die Ausgleichung durch Herabsetzung auf das niedrigste Niveau bewirkt würde. Die Preußische Schulgesetzgebung und Verwaltung sucht den Ansprüchen der Kirche und Confession durch ein billigeres Maß gerecht zu werden.

Der dritte Grund gegen das Fortbestehen der Confessionsschule soll in der Aufbringung der Schulkosten zur Unterhaltung des Schulwesens als gemeiner Last liegen. Auch hier dieselbe Schlußfolge, wie in dem ersten und zweiten Argument. Damit nicht der Fall eintrete (der übrigens auch in § 3 Tit. 12 Th. II. des Allg. Landrechts vorgesehen ist), daß katholische, evangelische, jüdische Confessions-Verwandte genöthigt werden zur Unterhaltung von

Schulen einer ihnen fremden Confession (bez. Religion — die Juden sind nicht Confessions-Verwandte, sondern Bekenner einer anderen Religion) beizutragen, „müssen die Schulen ihres confessionellen, consequenter Weise auch ihres religiösen Charakters beraubt und die Gemeinden gezwungen werden, ihre Kinder in solche Staatsschulen zu schicken. Die Tragung der gemeinen Last für Schulen der einen oder anderen christlichen Confession ist, so viel wir wissen, bisher nur den Juden und Freigemeindlern, bez. ihren Gesinnungsgenossen, unbequem geworden. Für sie wissen wir freilich keinen anderen Rath, als sich an der gesetzlichen Dispensation von dem Religionsunterricht der Schule genügen zu lassen und sich darin zu finden, daß sie in einer christlichen Atmosphäre leben müssen. Noch ist die Aussicht in der Ferne, daß es ihnen gelingen werde, die christlichen Lehrer aus ihren, namentlich den einflußreichsten Stellungen zu verdrängen und die öffentliche Schule zu beherrschen.

IV.

Die öffentliche Schule und das Allgem. Landrecht.

Der Preußische Staat hat — nach Dr. Gneist — die kirchliche Schule säcularisirt, sequestrirt, confiscirt und diesem Acte Rechtskraft verliehen durch das Allgem. Landrecht. Seitdem besteht die confessionelle Schule nur noch rechtswidrig. Der Beweis für diese angebliche, Staunen erregende Thatsache ist die Declaration des § 1, Tit. 12, Theil II., „daß alle öffentlichen Schulen Veranstaltungen des Staates sind." Dazu kommt das argumentum ex silentio. Weil Tit. XII. nicht, wie Tit. XI., der von den Kirchen handelt, von evangelischen oder katholischen Schulen redet, sondern für diese concreten Benennungen ganz abstracte Bezeichnungen gebraucht, darum perhorrescirt das Allgem. Landrecht nicht nur die confessionellen Namen, sondern auch die Sache.

Auf dieses Argument legt Dr. Gneist großes Gewicht. Da es nicht Jedem einleuchtet, so werden die Materialien des Allgem. Landrechts zu Hülfe genommen, um den logischen Sinn zu finden,

den die Redaction der Tit. XI. und XII. mit ihrer Codification
verbunden hat. Wir vermögen uns auch daraus von der Richtig=
keit weder des einen noch des anderen Arguments zu überzeugen.
Weil es uns dazu vielleicht an juristischem Scharfsinne fehlt, so
wollen wir einen Juristen sprechen lassen, dem kein Unparteiischer so
wenig diese Eigenschaft als Geschichts= und Sachkenntniß absprechen
wird. Der Regierungs=Assessor Al. Padberg in Magdeburg sagt
in seiner gediegenen kleinen Schrift „Die Volksschule im Ver=
hältnisse zu Kirche und Staat gegenüber der Ver=
fassungs=Urkunde des Preußischen Staates vom 31.
Januar 1850“ (Paderborn 1869 S. 31 ff. *):

„Dagegen (gegen den Grundsatz: die Schule nicht ohne die
Kirche) wird sehr gewöhnlich die Behauptung aufgestellt, das Allg.
Landrecht habe in Thl. II. Tit. 12. § 1 und 2 den Grundsatz an
die Spitze gestellt, daß alle Schulen Staatsanstalten seien. Die
Bestimmungen des Landrechts über das Schulwesen sind bis zum
Erlaß des im Art. 112 der Verfassungs=Urkunde verheißenen Unter=
richtsgesetzes in Gültigkeit. Nun behält aber das Publications=
Patent des Landrechts ausdrücklich alles vorher wohl erworbene Recht
vor und legt dagegen Protest ein, daß aus irgend einem aus dem
Landrecht hergenommenen Vorwande in wohl erworbene Rechte solle
eingegriffen werden können. Weil nun die meisten Schulen und
manche Schulordnungen älter als das Allg. Landrecht sind, so haben
Consequenzen aus jenen Bestimmungen desselben den Kirchen ihren
Antheil am Schulwesen nur ausnahmsweise verkümmert. Uebrigens
erscheint es auch bedenklich, aus dem § 1 u. 2. Tit. 12. Thl. II.
den Satz zu folgern, daß alle Schulen Staatsanstalten seien.
§ 1 sagt nämlich: „Schulen und Universitäten sind Veranstal=
tungen des Staates, welche den Unterricht der Jugend in nütz=
lichen Kenntnissen und Wissenschaften zur Absicht haben.“ — § 2:
„Dergleichen Anstalten sollen nur mit Vorwissen und Genehmigung

---

*) Der Verfasser ist Katholik, aber ein vorurtheilsfreier, der die
Geschichte des Preußischen Volksschulwesens in kurzer Skizze wahrheits=
getreu darstellt, die heutigen Zustände kennt und mit Einsicht beurtheilt,
die Stellung der Kirche zum Staat in Beziehung auf die Volksschule un=
parteiisch zu würdigen weiß und sich bescheidet, die Kirche neben dem
Staat in die zweite Linie zu weisen. Stimmen wir auch nicht mit
Allem, was er speciell daraus folgert, überein, so können wir doch seine
Schrift als eine der besten, die über diesen Gegenstand erschienen sind,
unseren Lesern empfehlen.

des Staates errichtet werden." Entweder sind hier die Begriffe „Veranstaltungen und Anstalten" als gleichbedeutende gebraucht, und dann liegt ein unlöslicher Widerspruch zwischen § 1 und 2 vor, indem jener sagt, der Staat veranstalte die Schulen, und dieser ganz unbeschränkt davon ausgeht, daß dergleichen Anstalten auch von Anderen, jedoch nur mit Vorwissen und Genehmigung des Staates, errichtet werden sollen; oder die Begriffe — Veranstaltung und Anstalt — sind ähnlich wie Thätigkeit und Gethanes aus einander zu halten, und dann läßt sich der Ausspruch, daß alle Schulen, also auch die Volksschule, Staatsanstalten im heutigen Sinne des Wortes seien, gerade aus jenen zu diesem Behufe oft citirten Paragraphen nicht folgern. Uebrigens ist allgemein anerkannt, daß Begriffsbestimmungen, wie sie der gedachte § 1 geben soll, in das Landrecht nicht aufgenommen worden sind, um dadurch die rechtliche Natur einer ganzen Klasse historisch überlieferter Institute auf einmal umzustempeln. — Die seit Emanation des Allgemeinen Landrechts über das Schulwesen ergangenen Gesetze beweisen zur Genüge, wie wenig die Staatsregierung gemeint ist, die Schule von der Kirche zu emancipiren."

Nach unserer Auffassung besagen § 1 u. 2 tit. cit. nichts Anderes, als daß Schulen Anstalten sind, welche zum Wesen des Staates gehören; geschaffen, veranstaltet hat er sie nicht — das wäre gegen die historische Wahrheit, — aber, wären sie nicht da, so müßte er sie schaffen; nun benutzt er die vorhandenen, um zu seinen Zwecken die Jugend in nützlichen Kenntnissen und Wissenschaften unterrichten zu lassen, und stellt sie als öffentliche Anstalten unter seine Aufsicht, vindicirt (er, der absolute Staat) sich auch Recht und Macht, sie seinen Zwecken gemäß einzurichten und zu gestalten. Diese Vollmacht, die er sich ertheilt, kann aber nicht weiter reichen, als seine Zwecke; sie ermächtigt ihn allenfalls, Einrichtungen, die seinen Zwecken widerstreben, zu reformiren, Anstalten, die sich mit denselben in Widerspruch setzen, die Vorrechte der öffentlichen Schulen zu entziehen, keineswegs aber, Interessenten auszuschließen, die einen berechtigten Anspruch an den Besitz und die Verwaltung der Anstalt haben und deren Wirksamkeit sich mit der seinigen verträgt. Daß Kirche und Staat hier wesentlich nicht collidiren, sondern einander in die Hände arbeiten, ist als Grundsatz der Preußischen Schulgesetzgebung zu allen Zeiten anerkannt worden. (S. Padberg S. 35 ff.) Unter den Preußischen Ministern seit 1840 hat keiner sowohl die Autonomie des Staates in derselben, als die nothwendige Verbindung der Schule mit der Kirche, aus welcher das Anrecht der letzteren an die Aufsicht über die religiöse Unterweisung der Jugend folgt, stärker betont, als der Minister v. Ladenberg, den katholischen Bischöfen gegenüber die erstere (s. Gneist ꝛc. S. 21), der Nationalversammlung gegenüber die letztere. (S. die Erläuterungen zu den betr. Artikeln der Verfassungs-Urkunde vom 5. Dec. 1848, bei Rönne Thl. I.)

Steht auf der einen Seite Dr. Gneist mit seiner Interpretation des e i n e n citirten Paragraphen und dem argumentum e silentio, auf der andern der Consensus der gesammten Schulgesetze und ihrer officiellen wie nicht officiellen Interpreten, so kann selbst eine Autorität wie die des berühmten Rechtslehrers uns nicht bewegen, auf seine Seite zu treten; wir können nicht umhin, ihn eines juristischen Fehlschlusses zu zeihen.

Wenn Dr. Gneist (S. 80) sagt: „Es ist die immer wiederkehrende Erscheinung, daß der k i r c h l i c h e Parteistandpunkt auch die Rechtskundigen, am meisten die scharfsinnigen und theologisch gebildeten, zu juristischen Fehlschlüssen verleitet," — so wird nicht minder häufig wahrgenommen, daß der p o l i t i s c h e Parteistandpunkt auch Rechtskundige, welche theologische Bildung verachten, ebenso irreleitet.

———•———

V.

Die „legale" und die „illegale" Schule.

Die „legale" Schule will Dr. Gneist nicht „confessionslos" genannt wissen; denn er macht der Confession von vorn herein ein wichtiges Zugeständniß: die Aufnahme des Religionsunterrichtes als obligatorischen Theils in den Lehrplan der öffentlichen Schule. Es ist nach ihm „landrechtlicher Grundsatz", daß der Staat dem Religionsunterricht seine Stelle in der Schule anweise. Die Stellung aber, welche er ihm anweist, kann nur die dem Wesen der positiven Religion entsprechende sein. Die philosophische Idee, diesen Unterricht auf die allgemeinen Wahrheiten der Religion und auf die allen Parteien gemeinschaftliche Sittenlehre einzuschrän= ken, konnte bei praktischen Schulmännern keinen Eingang finden, am wenigsten für den ersten Unterricht der Kinder vom 6. bis 14. Jahre. Lehren läßt sich in der Volksschule nicht Philosophie, sondern nur positive Religion. Auch der paritätische Staat hat die Pflicht, die positiven Lehrsätze der Kirche zu achten, anzuerkennen und daher auch in seiner Volksschule lehren zu lassen." (S. 27, 28.)

Von diesen Aeußerungen des Hrn. Dr. Gneist nehmen wir mit Befriedigung Act. Leider wird das gewährte Zugeständniß durch das Folgende aufgehoben. Die dem Religionsunterricht angewiesene Stellung isolirt ihn als Fachunterricht, der ganz außer Zusammen= hang mit den übrigen Theilen des Lehrplans keine Bedeutung für den gesammten Unterricht und für die Schulerziehung hat, ja haben darf; er erscheint als ein überflüssiger Anhang. Hier treten die beiden Hauptfragen hervor, über welche die Vertheidiger der con= fessionellen und der confessionslosen Schule sich spalten, die eine nach dem Zusammenhang der Religionslehre mit dem wissenschaft= lichen Unterricht, die andere nach dem Zusammenhange derselben mit der Erziehung. Dr. Gneist fordert (S. 29) für die legale Schule die Selbständigkeit des wissenschaftlichen Unterrichts neben dem Religions=Unterrichte. „Volksliteratur, Spra= chen, Geschichte, Naturwissenschaften müssen in der Staatsschule von allgemein wissenschaftlichen und pädagogischen Standpunkten aus ge= lehrt werden. Zu einer anderen Art des Unterrichts darf der Staat die Kinder differenter Confessionen nicht zwingen. Zu einer anderen Art des Unterrichts soll der Staat die Hausväter diffe= renter Confessionen nicht zwingen. Unter Bedingungen anderer Art kann der Staat die Parität der Confessionen nicht aufrecht erhal= ten." Das heißt kategorisch gesprochen.

Wir erlauben uns zu fragen: Sind denn Sprachlehre, Historie, Naturkunde selbständige Wissenschaften? Haben sie, eine jede für sich, ihr wissenschaftliches Princip monadisch in sich selbst oder or= ganisch in einem Höheren, Gemeinsamen? Giebt es kein Centrum der Wissenschaften, keine Wissenschaft des Allgemeinen? Man hat bisher die Philosophie dafür gehalten. Hier aber entsteht wieder die Frage: Ist die Wissenschaft, die Philosophie durchaus selb=

ständig? Ist sie völlig unabhängig von Religion und Geschichte? Bekanntlich scheiden sich die philosophischen Systeme der Neuzeit in der Beantwortung dieser Frage. Die Einen bejahen, die Andern verneinen sie. Die Einen behaupten die absolute Selbständigkeit einer voraussetzungslosen Philosophe, die sich lediglich aus logischen Begriffen aufbaut; die Anderen nur die Selbständigkeit der philosophischen Methode, die aber der Prämissen der Geschichte und des Christenthums nicht entbehren kann, um zu dem richtigen Resultate, der Erkenntniß der Wahrheit zu gelangen. Es ist die atheistische und die christliche Philosophie, welche hier in Gegensatz treten. Wir wissen nicht, auf welche Seite Dr. Gneist sich stellt. Das aber muß jedem wissenschaftlich Gebildeten einleuchten: Fordert der Preußische Staat in dem von ihm angeordneten Schulunterricht in der That Selbständigkeit des wissenschaftlichen Unterrichts ohne Beziehung auf Religion und Christenthum in ihrer geschichtlichen Gestaltung — so fordert er entweder Unmögliches und Widersinniges, oder er setzt die atheistische Philosophie als Meisterin der Wissenschaften und Beherrscherin der Schule ein.

Beides ist, Gott sei Dank! noch nicht Preußisches Recht. Es würde auch ein ganz unerhörter Despotismus sein, wollte der Staat dem Christenthum seinen directen und indirecten Einfluß auf die Wissenschaft und ihre Lehre gesetzlich verbieten. Das ist rein unmöglich. Hätte das Christenthum nicht die Macht, alle Lebensgebiete und Wissenskreise zu durchdringen, es wäre nicht werth, in der Schule gelehrt zu werden. Gott Lob! den Beweis des Geistes und der Kraft hat es durch die Jahrhunderte geliefert und wird ihn, je mehr es bedrängt und angefochten wird, um so mächtiger liefern. — Daß der pädagogische Standpunkt der die Schule beherrschende sein soll, hat seine unbestreitbare Wahrheit, schließt aber das christliche Princip als das maßgebende nicht aus, sondern ein. Auch die Pädagogik ist keine selbständige Wissenschaft; sie stützt sich auf die Ethik, Anthropologie, Psychologie und Physiologie, Ethik und Metaphysik gehören zusammen; eine Religionsphilosophie bildet daher auch für die Pädagogik die Basis, und es bleibt nur die Wahl, ob eine christliche oder unchristliche, eine dem Wesen der positiven Religion, deren Ausdruck die Confession ist, entsprechende oder widersprechende. Die Voraussetzung, daß das Christenthum mit der Wissenschaft, die christliche Dogmatik mit der

Pädagogik in Widerspruch stehe und unvereinbar sei, ist ein bloßes Vorurtheil oder eine tendenziöse Verdächtigung von Seiten Solcher, welche weder das Christenthum noch die Wissenschaft, weder die Theologie noch die Pädagogik recht kennen. Die achtzehnte allgemeine Lehrer-Versammlung in Berlin hat von solcher Ignoranz eclatante Beispiele geliefert. Ein jeder Schulmann, der in seinem Fache zu Hause ist, weiß, daß es eine naturalistische oder abstract humanistische und eine christliche, auf den Principien der christlichen Ethik beruhende, eine katholische und evangelische Pädagogik giebt, die beide in ihren Grundlagen wesentlich zusammentreffen, in der Methode und dem praktischen Theile vielfach auseinander gehen. Wir nennen von katholischen Pädagogen nur J. M. Sailer, Overberg, Kellner, Barthel, von evangelischen Chr. Schwarz, Denzel, Palmer, Rothe, Otto Schulz, Bormann. Die evangelische Pädagogik und Didaktik rühmt sich, auf der Höhe der Wissenschaft zu stehen und die gesundeste Praxis zu lehren. Diejenigen, welche für eine allgemeine Pädagogik als selbständige Wissenschaft das Wort nehmen, haben doch auch eine besondere nach der Richtung und Farbe der Autoritäten, denen sie folgen — J. J. Rousseaus, Diesterwegs u. A. — im Sinne, und diejenigen, welche sich gegen die Beeinflussung der Pädagogik durch eine kirchliche Dogmatik ereifern, haben doch auch eine Dogmatik, der sie huldigen und die sie für vereinbar mit der Pädagogik halten — die Straußsche oder Schenkelsche. Der Bund dieser Schulmänner mit dem Protestantenverein bekundet ihre nahe Verwandtschaft. Es fragt sich, ob diese unter dem Titel der freien Wissenschaft oder des Protestantismus und unter der Maske der Mittlerin zwischen der positiven Religion und der modernen Cultur oder der Union auftretende Richtung das Recht hat, die christliche Pädagogik aus der Schule zu verdrängen und sich die Herrschaft über Unterricht und Erziehung anzueignen. Das geschichtliche Recht hat sie wenigstens nicht für sich, das codificirte Preußische Recht eben so wenig. Nur durch sophistische Fehlschlüsse kann aus dem letteren die Emancipation des wissenschaftlichen Unterrichts von dem Christenthum in seiner positiven Gestalt abgeleitet werden.

Der Minister v. Mühler hat sich die Mühe gegeben, dem Abgeordnetenhause (s. stenographische Berichte 1868—69, S. 706, 707) den inneren Zusammenhang der **Religionslehre** in ihrer confessionellen Bestimmtheit mit den ethischen Disciplinen, namentlich mit der Geschichte nachzuweisen; er hat es mit der Einsicht eines Sachkundigen gethan und von keiner Seite Widerlegung gefunden. Dr. Gneist führt (S. 44) seine Aeußerungen aber nur an, um ihn als Mitschuldigen einer Tendenz zu verdächtigen, die sich einem kirchlichen Parteistandpunkte unterordnet und demselben sowohl die Interessen der Wissenschaft, als die Rechte der gemischten Schulgemeinden preisgiebt. Die gewichtige Aeußerung des Prov.-Schulraths Scheibert in Breslau über denselben Gegenstand in dessen Schrift: „Die Confessionalität der höheren Schulen" (S. 67) hält er durch das bloße Citat für abgethan, wobei natürlich auf Leser, denen Prof. Gneist unfehlbare Autorität ist, gerechnet wird. Die praktischen Schulmänner müssen, wenn sie sonst auch einen ehrenvollen Namen haben, ebenso wie die theologisch gebildeten Juristen, es sich gefallen lassen, von Dr. Gneist mit vornehmer Geringschätzung behandelt zu werden. — Bei der wichtigen Frage über die Zusammengehörigkeit von Religiosität und Sittlichkeit, Glauben und Leben, Unterricht und Erziehung begegnen wir uns mit Dr. Gneist in überraschender Uebereinstimmung. Er sagt S. 30: „Es ist wahr, daß die Schule auch als Erziehungs-Anstalt die Familie ergänzen soll und daß der Erziehungszweck eine Durchdringung der religiösen Wahrheiten mit dem Wissen bedingt (— etwas dunkel ausgedrückt —). Sicherlich soll die Schule auch das Gemüth wecken, den Charakter bilden, an Zucht und Ordnung gewöhnen, den künftigen Halt geben, welcher den Menschen durch die Prüfungen des Lebens hindurchführt. Die Preußische Schulverwaltung hat dies niemals verkannt und vernachlässigt." — Verstehen wir Herrn Dr. Gneist recht, so will auch er, daß Unterricht und Erziehung harmoniren, daß der Religionsunterricht auf die religiöse und moralische Erziehung einwirken, diese jenen fruchtbar machen, beide, sich innigst durchdringend, ihre Wirkung auf den ganzen Menschen und auf das ganze Leben erstrecken sollen. Mehr können wir nicht verlangen. Gleichwohl behauptet derselbe Verfasser auf derselben Seite: „Auf diesem angewandten Gebiete (— der Erziehung, der sittlichen Bildung und des praktischen Lebens —) erscheint die religiöse Wahrheit in der That als allgemein sittliche Grundanschauung und als allgemein menschliche Erziehungskunde."

Hier gehen der Religionsunterricht und die religiös-sittliche Erziehung wieder auseinander; die religiösen Wahrheiten streifen die confessionelle Hülle ab und verallgemeinern sich; die bei dem Zugeständniß des confessionsmäßigen Religionsunterrichts verworfenen Begriffe einer allgemeinen Religion und allgemeinen Sittenlehre tauchen hier wieder auf und geben sich als die reife Frucht der religiösen Bildung zu erkennen. Daneben auch eine allgemein menschliche Erziehungskunde. Den psychologischen Hergang vermögen wir uns nur so vorzustellen, daß das Kind zwar in den isolirten Religionsstunden die christlichen Wahrheiten in ihrer confessionellen, d. i. biblischen und katechismusmäßigen Gestalt kennen lernt, wobei nur dafür zu sorgen ist, daß sie nicht in den übrigen Unterricht und erziehlichen Verkehr des Lehrers mit dem Kinde transpiriren. Die weitere Sorge aber ist, daß der Schüler von den confessionsmäßigen Vorstellungen befreit werde, daß der bestimmte Ausdruck des Glaubens, den er darin hatte, sich verflüchtige und auflöse in allgemeine Begriffe und untergehe in einer allgemein sittlichen Grundanschauung, so daß eine Christen, Juden und Muhamedanern gemeinsame Moral die abgezogene Quintessenz der ganzen religiösen Unterweisung und Bildung bleibt. Dem Staat wird die Aufgabe, die letztere zu diesem Ziele zu führen, überwiesen. „Wie für den Einzelnen die Vereinigung des Gottesglaubens mit dem offenen Auge der Erscheinung und mit dem freien Gedanken über den Zusammenhang der Dinge, so ist für den Staat die Vereinigung des Autoritätsglaubens der Kirche mit der Freiheit der Gewissen und der Wissenschaft ein nur durch äußere und innere Kämpfe zu erringendes Ziel. — Allein die Ueberwindung dieser Schwierigkeit war eben die eigenthümliche Aufgabe des Preußisch-Deutschen Staates." (S. 38.) Man sollte meinen, das sei recht eigentlich eine Aufgabe für die Kirche, wenn auch nicht sie allein im Stande ist dieses Problem zu lösen. Herr Dr. Gneist weis't sie dem Preußisch-Deutschen Staate zu. Der Weg zur Lösung des Problems aber wird deutlich genug bezeichnet. Natürlich muß bei einer Collision der Gewissensfreiheit und Wissenschaft mit dem kirchlichen Autoritätsglauben der letztere weichen, und, da man ihn aus der Schule nicht sofort vertreiben kann, so muß man ihn in der Schule in die engsten Grenzen bannen und allmählich zu Tode bringen. Unter Umständen werden auch äußere Kämpfe sein Ende beschleunigen. Das ist die legale Schule des Professors Gneist.

Was der Verfasser unter der von ihm geforderten berufsmäßigen Selbständigkeit des Lehrpersonals versteht, ist uns nicht völlig klar geworden. Hier wäre Specialisirung der Erfordernisse am Orte gewesen. Zunächst kommt die persönliche Selbständigkeit der Lehrer in Frage; ob er diese durch eine Verbindung des Lehramts mit einem Kirchenamt für gefährdet hält oder nicht, darüber geht er hinweg. Folgerecht sollte er die Trennung verlangen; denn eine Verlegenheit könnte für ihn dadurch nicht entstehen, da er S. 50 schon alles Kirchengut, das zu Schulzwecken verwendet wird, für den Staatsfiscus in Beschlag genommen hat. Indeß erscheint ihm die erwähnte Combination doch als ein Nothstand, da sie für einen kirchlich gesinnten Lehrer die Versuchung herbeiführt, sich auch als Lehrer für einen Diener der Kirche zu halten, so wie für geistliche Schulaufseher, diesen Beruf an ihr Kirchenamt anzuschließen. (S. 37.) Der legale Lehrer darf das von Rechtswegen nicht. Daß die katholischen Lehrer es ohne Ausnahme thun, ist nur eine Folge ihrer inneren und äußeren Abhängigkeit von dem Klerus. Die aufgeklärteren protestantischen Lehrer haben den Zwiespalt dieser Stellung, den Dienst der Kirche als eine Last, die Unterordnung unter den Klerus als ein ihnen angethanes Unrecht schon lange empfunden. Der Schmerzensschrei nach Emancipation der Schule von der Kirche ist, nach Dr. Gneists Ausführung (S. 33) ein berechtigter. Denn durch nichts wird die berufsmäßige Selbständigkeit der Lehrer mehr beeinträchtigt, als durch ihre Unterordnung unter die Aufsicht von Geistlichen und kirchlichen Beamten. Zwar ist diesen dieselbe vom Staat übertragen worden und sie haben sie bis heute geführt; allein nur als Delegirte des Staats, der seinen Auftrag zurücknehmen kann, und es war nicht der Rechtszustand, daß man sie in ihren Händen ließ, sondern ein Nothstand, weil der Staat, besonders für die Landschulen, keine anderen sachkundigeren Aufseher hatte, die er bestellen konnte, als die in der Nähe wohnenden Pfarrer und kirchlichen Obern, die er übrigens unentgeltlich damit belasten durfte. Heutiges Tages aber muß dieser Nothstand dem Rechtsverhältniß weichen.

Wie nun die Schulaufsicht zu organisiren, ob sie lediglich Vorgesetzten aus der Mitte des Lehrerstandes (wie die nach Rangerhöhung begierigen Lehrer es wünschen), oder anderen weltlichen Beamten zu übertragen sei, darüber behält Dr. Gneist sich seine Rathschläge vor, auf die wir später zurückkommen wollen. Daß die Selbständigkeit des Lehrerpersonals nicht als eine independentische (wie viele Lehrer sie träumen) gedacht werden, sondern Subordination auch bei denselben stattfinden müsse, wird Dr. Gneist nicht in Abrede stellen. Nach Preußischem Herkommen dürfte eher ein strammeres als schlafferes Schulregiment von weltlichen Staatsbeamten zu erwarten sein. Doch dieses Postulat des Allg. Landrechts, nach Dr. Gneists Interpretation, sieht noch in die Zukunft. Dagegen verlangt die berufsmäßige Selbständigkeit des Lehrerpersonals in sachlicher Beziehung ihre Verwirklichung in der Gegenwart. Auf dem Gebiete des Unterrichts soll der Lehrer völlig frei und unabhängig sein, nur gebunden durch die Norm und das Maß der wissenschaftlichen und pädagogischen Forderungen. Wer diese Forderungen zu stellen hat, wird nicht ausgesprochen; es scheint, daß sie dem subjectiven Ermessen des einzelnen Lehrers oder eines sich darüber einigenden Lehrercollegiums zu überlassen sind. Vielleicht kommt einmal eine oberste Schulverwaltung an das Ruder, der es gelingt, die Wissenschaft und die Pädagogik zu repräsentiren, welche dem Standpunkte der Fortgeschrittenen entspricht und ihrem Bewußtsein den rechten Ausdruck zu geben vermag (eine allerdings noch schwierigere Aufgabe als die, den Confessionen gerecht zu werden); ihr Vertrauen würde sie sich erwerben, wenn sie den Bruch mit der Kirche gründlich vollzöge. Bei der Freiheit, welche sie zu gestatten hat, würde ihr allerdings nur eine sehr beschränkte Competenz übrig bleiben.

Auch der Religionsunterricht soll, trotz Art. 24 der Verfassungsurkunde, der Beaufsichtigung und Leitung der Kirche entzogen werden. Hier wird der Subjectivität, der schrankenlosen Willkür des einzelnen Lehrers das freieste Feld eröffnet. Dr. Gneist schenkt das Vertrauen, das er den geistlichen und kirchlichen Vorgesetzten versagt, den Lehrern. Auch für den confessionellen Religions-Unterricht leistet ihm der einzelne Lehrer, ohne kirchliche Controle, ausreichende Bürgschaft. „Den kirchlich (?) gläubigen Mann, welcher zum Unterricht und zur Erziehung der Jugend wirklich berufen ist, sagt Dr. Gneist (S. 31), lehrt die Liebe zum Beruf und die Pflichttreue, welche der Lebensberuf der Jugenderziehung vorzugsweise entwickelt, was er dabei zu thun und zu lassen hat, auch wenn ein übel verstandener kirchlicher Eifer etwas anderes von ihm verlangen sollte. Der theoretische Widerstreit der staatlichen Schule und der kirchlichen Lehre löst sich durch diese lebendigen Zwischenglieder, in welchen der mögliche Widerstreit von Glauben und Wissen durch die Berufserfahrung zum individuellen Austrag gekommen ist. Die gewissenhafte Auswahl des Lehrerpersonale hat also den Widerspruch zu lösen." Demnach ist die Anstellung des Lehrers von Seiten des Staats die einzige Garantie, welche dafür gegeben wird, daß wirklich die Religion in der Schule confessionell gelehrt werde. Einmal im Amte, kann der Religionslehrer mit der Confession umgehen und daraus machen, was er will. Das entspricht denn auch ganz dem System, das von den Fortschritts = Pädagogen Lüben, Kehr u. A. m. aufgestellt wird. Der ganze Stoff der kirchlichen Bekenntnisse, bez. der Preußischen Schulregulative, biblische Geschichte, Katechismus, Kirchenlied, Bibelerklärung u. s. w. darf in den Lehrplan aufgenommen, — aber seine Behandlung darf durch die Kirchenlehre und die Ueberwachung der Geistlichen oder Theologen in keiner Weise beschränkt oder beeinflußt, sondern muß dem Gutdünken des Lehrers nach dem Maße seiner subjectiven Glaubensansicht und pädagogischen Einsicht überlassen, folglich vor Allem die Controle der Geistlichen entfernt werden. — Das ist das caeterum censeo etc. der fortschrittlichen Lehrer. Man denke sich nun die Mehrzahl der Lehrer, an den höheren Schulen den verschiedensten philosophischen und theologischen Richtungen folgend, an den niederen sich selbst überlassen, oder, wie die meisten, den Autoritäten, die ihnen am stärksten imponiren, sich hingebend. Man denke sich den Zustand von der religiösen Seite so desorganisirter Schulen. Amerikanische Zustände würden gegen ein solches Babel noch das Bild einer goldenen Eintracht darbieten. Und das soll Preußisches Recht sein?

Endlich rechnet Dr. Gneist zu der berufsmäßigen Selbständigkeit des Lehrers noch eine negative Eigenschaft, die, daß er zwar als Mensch einer, als Lehrer aber keiner Confession angehören darf, nur etwa den Fachlehrer für Religion ausgenommen. Eine zweideutige Eigenschaft, die nur verständlich wird durch das Correlat einer außer den Religionsstunden confessionslosen Schule, an der bis auf eine sämmtliche Lehrerstellen einem jeden Bewerber ohne

Unterschied der Religion und Confession zugänglich sind, namentlich auch für jüdische Bewerber überall die freie Concurrenz eröffnet ist. Nur die wissenschaftliche Tüchtigkeit soll über die Anstellungs= fähigkeit entscheiden; gleichgültig ist die Religion und Confession des Lehrers. Da kann Mischung und Wechsel der religiösen oder auch irreligiösen Elemente stattfinden. Bei der einklassigen Schule mit einem Lehrer wird freilich der Religionslehrer auch die übri= gen Unterrichtsfächer versehen und nur lernen müssen, sie und den Religionsunterricht strenge auseinander zu halten. Bei mehrklassi= gen Schulen aber muß die Scheidung im Lehrerpersonale eintreten. Dabei kommt der Religionslehrer in eine singuläre Stellung. Er= theilt er in anderen Gegenständen noch Unterricht, so hat er die Aufgabe, in den Religionsstunden Christ, in den anderen Unter= richtsstunden Atheist oder doch Indifferentist zu sein. Ist es ihm aber mit seiner religiösen Ueberzeugung Ernst, so steht er mit seinen andersgläubigen oder ungläubigen Collegen in einem gemeinsames Wirken mindestens höchlich erschwerenden Verhältniß; er fühlt sich im Princip von ihnen geschieden. Kaum wird ein theologisch ge= bildeter Lehrer sich finden, der sich dazu versteht, an einer so orga= nisirten Schule eine Stellung anzunehmen. Und wenn keiner sich findet oder der angestellte Religionslehrer erkrankt oder verhindert ist, wer wird seine Stelle vertreten? Eine solche Schule wird kein Bedenken tragen, dann den Religionsunterricht ausfallen zu lassen. Und in der That ist er eine Abnormität in ihrem Organismus, consequent ist nur die religionslose Schule. Was Provinzial= Schulrath Scheibert, dieser erfahrene, in ganz Deutschland ge= achtete Schulmann, in seiner Schrift „die Confessionalität der hö= heren Schulen", über eine derartige Zusammensetzung der Lehrer= Collegien und die praktischen Folgen sagt, verdient von Unparteii= schen gelesen zu werden.

Eine mehrklassige höhere Schule, in welcher der Religions= Unterricht in dem Lehrplan als Ballast mitgeschleppt, als caput mortuum behandelt, Erlernung von Sprachen und Wissenschaften als einzig würdiger Gegenstand des Lehrer= und Schülerfleißes be= trieben, classische oder moderne Bildung ohne Christenthum als Zweck und Ziel angesehen wird, kann man sich als möglich vor= stellen; dergleichen Anstalten sind auch schon dagewesen und hie und da noch vorhanden. Für normale aber wird kein Schulmann, dem — wir wollen nicht einmal sagen — das Christenthum, dem nur eine gesunde einheitliche Organisation etwas werth ist, so be= schaffene Anstalten halten. Auf die Elementarschulen aber sind die von Dr. Gneist aufgestellten Kategorien von confessionellem Reli= gions= und confessionslosem wissenschaftlichen Unterricht, wenn man die Schule auch noch so sehr in die Höhe triebe und ihre Lehrer sich noch höher steigern ließe, schlechthin unanwendbar. Ein prak= tischer Schulmann, der sich eine Schule nach Dr. Gneists Construc= tion vorstellen will, wird sich in den Gedankengang des berühmten Juristen nicht leicht finden. Eine Schule ohne Einheit des Prin= cips in Unterricht und Erziehung, eine Schule, welche Religion lehren, aber von der Wissenschaft isoliren und bei der Erziehung keinen Gebrauch von ihr machen darf, eine in sich zwiespältige und jedem Winde des Zeitgeistes, jedem subjectiven Meinen und Belie= ben der Lehrer preisgegebene Schule wird ihm nur als — eine monströse erscheinen.

Ueber den dritten Grundsatz, das Recht des Staats zur Gesetz= gebung über das Unterrichtswesen, zur Organisation der öffentlichen Schulen (mit Berücksichtigung der confessionellen Verhältnisse), zur Leitung und Beaufsichtigung der Schulen und Lehrer, sind wir mit Dr. Gneist im Wesentlichen einverstanden. Wenn er es jedoch nur aus einem noch nicht zu beseitigenden Rothstande herleitet, daß die Schulaufsicht Geistlichen und kirchlichen Beamten übertragen wurde, so müssen wir ihm widersprechen. Es war (trotz der Glosse des Geh. Raths v. Grolmann, die Seite 19 citirt wird) nicht nur die Ueberzeugung von der Zweckmäßigkeit dieser Maßregel, sondern auch Preußischer Rechtssinn, der sie motivirte. Die Kirche hat ja ein Recht an der Schule. Die Kirche bez. der Klerus war von Alters her im Besitz des Schulregiments; weshalb sollte der Landesherr es in denselben Händen nicht lassen, wenn jener es ausübte nach seinen, den staatlichen Vorschriften und Anordnungen? wenn die kirchlichen und Staatszwecke nicht collidirten, sondern zusammen= fielen?

Jedenfalls können wir dem Dr. Gneist aus vieljähriger Erfah= rung versichern, daß Pfarrer, Superintendenten und Erzpriester die ihnen von der Staatsregierung übertragene Schulaufsicht nie anders als für eine kraft Delegation von derselben ihnen zustehende an= gesehen und ausgeübt, daß sie die Gesetze und Verordnungen des

Staates gewissenhaft beobachtet und sich der Disciplin desselben in diesem Verhältniß unterworfen, von der Erfüllung der ihnen auferlegten Verpflichtungen dem Staate unweigerlich Rechenschaft gegeben haben. Wenn sie dabei in ihrem Gewissen sich auch als Diener der Kirche fühlten und Pflichten gegen die Kirche zu haben glaubten, so war das eben Gewissenssache, die Niemand ihnen wehren, Niemand mit Grund verdenken konnte. Verantwortlich blieben sie in ihrem Pflichtenkreise als Schulaufseher nur der staatlichen Obrigkeit, und diese hielt nicht nur die jurisdictio fest, sondern wahrte selbst gegen die kirchlichen Landesbehörden die Gerechtsame ihrer Stellung mit Eifersucht und Entschiedenheit.

Anstatt der Kirche größere Rechte, als sie besessen, einzuräumen, wurde auch in neuerer Zeit ihr Einfluß noch mehr geschmälert. Das kirchliche Ephorat der Superintendenten und Oberpfarrer an den höheren (lateinischen) Schulen ist fast überall beseitigt worden, die Combination kirchlicher und Schulämter wird so viel als möglich gelöst, die neuerlich entstandenen Schulen, namentlich die Realschulen, sind kaum in losen Zusammenhang mit der Kirche getreten. Kurz: von einer Autonomie der Kirche auf dem Schulgebiete kann nicht die Rede sein. Hier übt der Staat die unbestrittene Herrschaft, wenn auch nicht eine Despotie, die keine Rechte als die seinigen achtet.

Die „illegale Schule", d. h. die confessionelle, wie Dr. Gneist sie darstellt, construirt er aus Uebertreibungen und Entstellungen des wirklichen Thatbestandes. Vor Allem führt er uns von der Kirche, der Confession, der orthodoxen Theologie, dem Klerus ein abschreckendes Zerrbild vor.

Die Kirche kennt er nur als die streitende, und dieses Merkmal soll ihr überall anhaften; sie kann es nicht loswerden, auch bei der Unterweisung und Erziehung·der Jugend nicht. „Die streitende Kirche (sagt er) hat ihren berechtigten Platz; sie hat ihn aber nicht in der Schule als Veranstaltung des Staates. Unter dem Namen des Religionsunterrichts soll nicht die ecclesia militans in die Schule einziehen, um Religionsgenossen zu schelten und zu bekämpfen, welche durch die Staatsgewalt selbst genöthigt werden, ihre Kinder in diese Anstalten zu schicken und diese Anstalten aus ihren Mitteln zu erhalten. Für den Streit der kirchlichen Unterscheidungslehren bietet die Dorf- und Stadtkirche und im Uebergang dazu der Confirmanden = Unterricht den reichlichen Spielraum, der jedem Begriff von Kirchenfreiheit genügt." — Wir erwidern: Die Kirche weiß sich nicht bloß als ecclesia militans, sondern vor Allem als ecclesia credens et confitens; sie hat positive Wahrheiten zu lehren, von denen Goethes Distichen (Vier Jahreszeiten. Dist. 69 u. 70) gelten:

> Was ist heilig? Das ist's was viele Seelen zusammen
> bindet, bänd' es auch nur leicht wie die Binse den Kranz.
> Was ist das Heiligste? Das, was heut' und ewig die Geister,
> tiefer und tiefer gefühlt, immer nur einiger macht.

Die Kirche kennt das Gebot der Nächsten= und Feindesliebe; sie weiß, wo Streit und wo Frieden am rechten Orte ist, und wüßten es ihre Diener nicht immer, so hätten sie es nicht vom Staate und vom Fiscus, sondern aus der heiligen Schrift zu lernen; sie weiß, was sie dem Kindesalter schuldig ist, und weist ihre Lehrer an, den Unmündigen „Milch und nicht starke Speise" zu geben. Daß die Schule nicht der Ort ist, wo der Kampf um die Glaubenslehren geführt werden soll, wird kein Vernünftiger bestreiten. Intoleranz und Unvernunft aber sind die Brandmale, mit denen die Kirche bezeichnet wird. Und deshalb muß man sie aus der Schule verweisen; denn ihr Einzug in die Schule hat nur zur Folge, daß (fremde) Religionsgenossen gescholten und bekämpft werden.

Wie der Begriff der Kirche, so wird auch der Begriff der Confession durch Dr. Gneist verdunkelt. Er will unter derselben nur den Inbegriff der Scheidelehren, welche die christlichen Kirchenparteien trennen, verstanden wissen. Damit ist der Inhalt der Confession nur zum geringsten Theil angegeben; ihr thetischer Theil umfaßt die allen Kirchenparteien gemeinsamen Glaubenswahrheiten und bietet damit ein weites Feld der Eintracht, ja die Grundlage der Einigung dar. Dr. Gneist behauptet (S. 30): „Die Kirche als Gesammt=Corporation der Kleriker (— das ist wenigstens kein protestantischer Begriff —) wird dahin streben, ihre Unterscheidungslehren als die Basis ihrer eigenen Existenz gegen die andere Kirche zu behaupten." (S. 31): „Die Geistlichkeit ist durch die Gebote ihrer Kirche genöthigt, ihre Unterscheidungslehren, auch im Gebiete der Wissenschaften an jeder Stelle, auch gegen Andersgläubige zur Geltung zu bringen." (S. 43): „Die confessionelle

Schule muß die schärffte Geltendmachung der Unterscheidungslehren als Hauptaufgabe und Verdienst geltend machen."

Wir entgegnen ihm: Das ist einfach nicht wahr. Die negative und polemische Seite der Confession bedingt keineswegs ihre ganze Existenz; ihre Geltendmachung ist keineswegs unter allen Umständen eine den Geistlichen gebotene Pflicht, noch weniger die Schule der Ort, wo sie als Hauptaufgabe, sogar als Verdienst gelten muß. Das ist nie, weder von der Kirche gefordert, noch von der Preußischen Staatsregierung zugegeben, geschweige gefördert worden; die kirchlichen Gegner der letzteren z. B. in Hannover machen ihr den Vorwurf, daß sie die Sonderconfession zu wenig, die Union zu sehr begünstige. In der That aber sind es weder Confession noch Union in ihrem Unterschiede, welche die Basis des Religionsunterrichts in der Schule bilden, sondern die geschichtlichen Thatsachen, welche das Fundament des Glaubens bilden, aus denen die Glaubenslehre in der einfachsten Fassung entwickelt wird. Wenn Dr. Gneist je eine confessionelle Schule besucht und dem Religionsunterricht beigewohnt hat, so wird er von confessionellen Scheidelehren sehr wenig und von confessionellem Hader nichts vernommen haben. Es ist zuzugeben, daß in neuester Zeit die religiöse Polemik, namentlich in großen Städten, auch in die Schulen eingedrungen ist — eine Folge der Angriffe, welche der frechste Unglaube auf die heiligsten Wahrheiten des Christenthums, die Grund- und Hauptartikel des christlichen Glaubens, auf öffentlichem Markte gemacht hat. Dagegen mögen gläubige Lehrer auch apologetische und polemische Erklärungen in der Schule gegeben haben; wir verdenken ihnen das nicht, und es ist das Recht des christlichen Familienvaters, das sie vertreten, nur daß sie es auch in der Weise des Familienvaters thun mögen. Aber ein normaler Zustand ist das nicht, nur Nothwehr.

Wenn Dr. Gneist es der confessionellen Schule zum Vorwurf macht, daß sie den Religionsunterricht zum Haupttheil und Schwerpunkt, zum allein wesentlichen Theil des Unterrichtsplanes macht, und noch die religiösen Andachten und Uebungen hinzurechnet, so protestiren wir gegen das sola dieser pars und gegen die Verwechselung des intensiven und extensiven Moments. Es ist nicht denkbar, daß die heutige Elementarschule sich auf den Unterricht in der Religion, mit Einordnung des Lesens und Schreibens, beschränken kann. Das apokryphe Beispiel aus Kurhessen, daß derselbe „auf mehr als wöchentlich 20 Stunden ausgedehnt worden" sei (S. 43), ist eben so absurd, als die Behauptung, daß nur die „pädagogische Rücksicht" ein Maßhalten in der Vertheilung des Stoffes rathsam mache, der kirchliche Standpunkt aber von jeder Leistung in dieser Richtung, bez. auch bei der Ueberladung der jugendlichen Gemüther mit biblischem Lese= und Memorirstoff unbefriedigt bleibe — nur erfunden, um den kirchlichen Standpunkt als unvernünftig darzu= stellen.

Eine Erfindung des Dr. Gneist ist auch die confessionelle Wissenschaft, welche sich der Herrschaft des Schulunterrichts zu bemächtigen sucht. Wir kennen eine solche confessionelle Wissenschaft nicht. Es scheint, als verstehe Dr. Gneist darunter die Theologie, bez. die confessionelle Dogmatik und Polemik, welche die übrigen Wissenschaften zu beherrschen trachtet. Wie er die Kirchenschule des Mittelalters mit der heutigen confessionellen Staatsschule verwechselt, so sieht er auch die Scholastik des Mittelalters in der von ihm so genannten confessionellen Wissenschaft wieder auf= leben. In der That sieht er (S. 45) „die Gesammtarbeit der Deutschen Wissenschaft auf die Stufe der Scholastik zurückgedrängt." Und das etwa, weil die Theologie wieder die Königin der Wissen= schaften sein und alle anderen zu ihren Mägden erniedrigen will? oder weil ein didaktisches System aufgekommen ist, das Inhalt und Methode von der kirchlichen Theologie erborgt und sich deren Dia= lektik angeeignet? Nein, weil die Schulverwaltung Kirchlichkeit fordert und diese Forderung — eine unendliche und unbegrenzbare ist. Deutlicher gesprochen: „weil in der kirchlichen Schule dem höchsten Zweck der Erkenntniß der Heilswahrheiten Alles sich unter= ordnen muß." Daß diese Forderung an die Erziehung geht, nicht an den Unterricht, daß nicht von logischer oder didaktischer, sondern von sittlicher Unterordnung die Rede ist, nicht die Erkenntniß der Heilswahrheiten, sondern das Erleben des Heils als Zweck gesetzt ist, läßt Dr. Gneist unbeachtet. Nur durch Vermischung und Trübung der Begriffe kann er zu dem von ihm gesuchten Resultat gelangen. Das „granum salis", welches, wie er sagt, die moderne Pädagogik empfiehlt, um den Begriff der Kirchlichkeit recht zu ver= stehen, verschmäht er, um nur der Kirche Unvernunft, der Staats= regierung Blindheit vorwerfen zu können. Durch administrative Maßregeln und mittels didaktischer Mißgriffe soll die Gesammtarbeit

der Wissenschaft auf die Stufe der Scholastik zurückgedrängt werden
können — kein sonderliches Lob für die Wissenschaft.

Wie weit die Forderung der Kirchlichkeit und Confessionalität
in Beziehung auf die materiale und formale Behandlung der Wissenschaften in der Schule anzuerkennen oder zurückzuweisen sei, darüber haben wir uns schon ausgesprochen. Die religiöse Anschauung
kann, je bestimmter sie ist, um so weniger außer Zusammenhang
mit der wissenschaftlichen Richtung und Bildung, ohne Einfluß auf
die wissenschaftliche Darstellung und Mittheilung sein und sie soll
es auch nicht. Läßt sich doch kaum in irgend einem wissenschaftlichen Product die religiöse oder philosophische Denkweise des Ver-
fassers und der Schule, durch die er gegangen, verkennen — auch
in der vorliegenden Schrift des berühmten Professors nicht.

Wenn derselbe behauptet „die berufsmäßige Selbständigkeit des
Lehrerpersonals höre in der confessionellen Schule auf", so erinnern
wir ihn daran, daß sie nach seiner eigenen Darstellung, noch nie
bestanden hat; wir wiederholen, daß sie weder berufsmäßig noch er-
fahrungsmäßig und daß es eine Erfindung ist, wenn er in die confessionelle Schule auch die Inquisition einführt. Denn was meint
er Anderes, wenn er vorgiebt, daß „in ihr die Reinheit des kirchlichen Glaubens und des kirchlichen Glaubenseifers für die Auswahl
und die Disciplin der Lehrer der entscheidende Gesichtspunkt wird
(folglich auch das Gegentheil ebenso), neben welchem der Lehrberuf,
der Erziehungsberuf, die wissenschaftliche Bildung (nicht auch die
moralische Würdigkeit?) in zweite Linie zurücktreten?" Auf so luf-
tige Argumente und grundlose Verdächtigungen wird die Anklage
gegen die confessionelle Schule gebaut.

Nicht haltbarer sind die Gründe, mit welchen Herr Dr. Gneist
darthun will, daß mit der Confessionalität der Schule die Besetzung
der Lehrerstellen und die Oberaufsicht über die Schule nebst der Ju-
risdiction wesentlich und entscheidend in die Hände der Kirche, bez.
des Klerus übergehen. Dieser habe dann nicht nur den religiösen
Theil des Unterrichts zu überwachen, sondern das Gesammtgebiet
des wissenschaftlichen Unterrichts nach seiner Uebereinstimmung mit
dem kirchlichen Geiste. Die kirchlichen Oberen „üben das Aufsichtsrecht nicht in Delegation des Staates, sondern aus eigenem
Rechte der Kirche — kraft göttlichen Auftrages, die Jugend zu lehren." — Diese Folgesätze aus dem System der confessionellen Schu-

len sollen im Laufe des letzten Menschenalters wirklich aufgetreten sein. Thatsachen werden nicht angeführt; als Beispiele einer ähnlichen falschen Auffassung werden sogar die Instruction für die General = Superintendenten vom Jahre 1829 und die Rheinisch=Westfälische Kirchenordnung vom Jahre 1835 citirt (S. 48). Da ist denn die Preußische Gesetzgebung schon vor dem jüngsten Menschenalter auf falscher Fährte gewesen.

Den Klerus malt Herr Professor Gneist besonders abschreckend ab. Die Geistlichen sind von Amtswegen intolerant, „durch die Gebote ihrer Kirche dazu genöthigt" (S. 31), die confessionellen — Geistliche und Lehrer — mitunter zelotisch (S. 86), jedenfalls einseitig und exclusiv. Sie sind durchaus nicht befähigt, den wissenschaftlichen Unterricht zu beurtheilen, selbst den Religionsunterricht zu überwachen und zu leiten; daran hindert sie ihre berufsmäßige Bildung, welche sie verleitet, die Wahrheit in dogmatischen Satzungen kritisch = gedankenmäßig, nicht in der subjectiven, religiös = sittlichen Ueberzeugung zu suchen. Sie sind hierarchisch und ihre Ansprüche in dieser Hinsicht sind ungemessen, ihr Standpunkt in derselben Beziehung ist unveränderlich. Die Kirche als Corporation beansprucht nichts weniger, als die Gesammtheit des Unterrichts (S. 87). Darum ist es auch nicht rathsam, mit ihr über ihre Gerechtsame zu capituliren; denn sie ist durch kein Maß der Mitberechtigung und Mitbetheiligung an der Leitung und Verwaltung der Schule zufriedengestellt; sie greift, wenn man ihr das Mindeste einräumt, weiter und weiter, bis sie Alles hat. Darum muß der Staat ihr Alles nehmen und alle Besitztitel für erloschen erklären.

Mit dieser gründlichen Verkehrung des wirklichen Thatbestandes und des historischen Rechtsbestandes wird nun die „illegale," die confessionelle Schule zerstört und die „legale," die Preußische Schule hergestellt. Wenn das nicht revolutionär ist, so ist es doch radical. Fort mit der Kirche aus dem ganzen Gebiete der Schule! Das ist das Ergebniß der Gneist'schen Untersuchung, die Loosung, welche ohne Zweifel in parlamentarischen und Stadtverordneten=Versammlungen vielfältigen Wiederhall finden wird.

VI.

Das System Mühler.

Das System Mühler, von vielen Gegnern angegriffen, wird von dem Professor Gneist unter Anklage gestellt. Durch eine Kette unächter Rechtsbegriffe, die es in Cours gesetzt, durch gesetzwidrige Maßregeln und allerlei Künste soll es das Preußische Recht verfälscht, den Rechtszustand verkehrt, den Staat und das nationale Leben an einem seiner theuersten Güter beschädigt haben. Sein planmäßiges Streben gehe dahin, die Staatsschule an die Kirche zu verrathen und auszuliefern.

Von vorn herein erscheint es kaum glaublich, daß die Staatsregierung, welche die Herrschaft über die Schule unbestritten besaß und ausübte, sich alle erfinnliche Mühe gegeben habe, ihre Machtbefugnisse los zu werden und sie in die Hände der Kirche zu bringen. Man fragt nach den Motiven. Dr. Gneist deutet sie (S. 21. 22. 40.) an: 1) Die idealistische Vorliebe des Königs Friedrich Wilhelm IV. für die Selbständigkeit der Kirche; 2) die Furcht der Staatsregierung vor der Revolution, gegen welche sie zur Rettung der staatlichen Ordnung der kirchlichen Hülfe bedürftig zu sein glaubte; 3) der Einfluß der Römisch-katholischen Kirche, die ihre Wiederbefreiung vom Staate anstrebte.

Diese drei Motive scheinen uns zur Erklärung des Unglaublichen doch sehr unzureichend zu sein. Wer von der Regierung König Friedrich Wilhelms IV. einige Kenntniß hat, weiß, daß dieser Monarch nicht einmal auf dem kirchlichen Gebiete den Versuch machte, seine Ideen zu realisiren, daß er aber auf dem Gebiete des Schulwesens fern davon war, der Verwaltung eine andere als die traditionelle Richtung zu geben. Daß in der bewegtesten Zeit der Minister v. Ladenberg den Römisch-katholischen Bischöfen keine Zugeständnisse gemacht, sondern die Autonomie des Staats auf dem Gebiete des Schulwesens behauptet hat, wird selbst von Dr. Gneist bezeugt. In demselben Sinne handelten seine Amtsnachfolger. Uebrigens liegen diese angeblichen Motive vor der Zeit des Ministeriums Mühler. Die Sache bleibt räthselhaft.

Was die incriminirten Rechtsverfälschungen betrifft, so möchten wir rufen: Ist kein Stahl da? Indeß zweifeln wir nicht daran,

daß es unparteiische, auch einem Professor Gneist ebenbürtige Ju=
risten giebt, welche die Vertheidigung des Ministeriums Mühler
gegen derartige Beschuldigungen zu führen wissen und zu überneh=
men geneigt sein werden. Diesen Rechtskundigen überlassen wir die
Erledigung der Rechtsfrage.

Von dem Standpunkt eines praktischen Schulmannes aus be=
merken wir zur Sache Folgendes: Das System Mühler ist ein sehr
altes; es datirt noch vor der „neuen Aera" des Königs Friedrich
Wilhelm I., sicherlich von derselbigen an. Es ist auch das Friede=
ricianische, und das Allgemeine Landrecht widerspricht ihm nicht, es
setzt dasselbe durchgängig voraus. Es ist das System des Königs
Friedrich Wilhelm III., des IV., des Königs Wilhelm I. und aller
ihrer Minister. Denn es ist das System der christlichen Schule,
und mit diesem System steht und fällt der Preußische
Staat. Gelänge es, dieses System zu stürzen, so würde damit
die sittliche Kraft des Preußischen Volkes gebrochen.
Es sind Schwankungen in der Durchführung dieses Systems vor=
gekommen, die herrschende Zeitrichtung, auch die stärkere oder schwächere
Strömung des kirchlichen Lebens hatte darauf Einfluß.*) Zum Theil
auch die Persönlichkeit der Minister. Was das Volksschulwesen be=
trifft, so läßt sich die Continuität der Gesetzgebung und Verwaltung
vom Jahre 1811 bis heute nachweisen. (S. die Actenstücke zur
Geschichte der Schulregulative, herausgegeben von Stolzenburg.)
Der Minister v. Altenstein duldete und schätzte Diesterwegs Lehr=
thätigkeit; diese erstreckte sich aber nicht auf die Religion, in der
Diesterweg keinen Unterricht ertheilte. Und nie haben Diesterweg=
sche Ansichten im Ministerium Eingang gefunden.

Die höheren Schulen fand der Minister v. Altenstein
ungefähr in der Verfassung, die wir früher beschrieben: Religions=
Unterricht als Fach=Unterricht, den, mochte er orthodoxer oder neo=
logischer sein, die humaniora ganz in den Hintergrund drängten;
Humanismus als Princip angenommen, aber in der Praxis nur

---

*) Eine der gehässigen Insinuationen des Dr. Gneist gegen die Kirche
ist die (S. 32): „daß es die Erbschaft der Kirche gewesen sei, welche
der Staat angetreten, als er im Jahre 1722 auf vielen Dörfern gar keine
Schule, in anderen dürftige Handwerker vorfand, welche nebenbei in der
Woche einige Schulstunden abhielten." Es war das ein Symptom des
damaligen socialen Culturzustandes, an dessen Beschaffenheit der Staat
nicht weniger Antheil hatte als die Kirche. Was zur Hebung dieses Zu=
standes um dieselbe Zeit A. H. Franke in Halle und seine Schule gethan,
ist welthistorisch.

todter Formalismus in Erlernung der alten Sprachen vorherrschend, in Disciplin und Erziehung Pedantismus oder Schlendrian, — das sollte klassische Bildung heißen. Ein einheitliches Princip sollte in den Gymnasial=Unterricht kommen und als solches wurde die Hegel= sche Philosophie von Johannes Schulz als geeignet befunden, von dem Minister besonders begünstigt. Das ist die Zeit, auf welche manche Schulmänner als auf eine goldene Zeit zurücksehen. Sie ließ sich freilich so wenig als die Hegelsche Philosophie selbst halten; das Princip erwies sich als ein hohles und dürres. Man mußte zu Süverns Ansichten zurückkehren. Aber noch eine gründlichere Rückkehr fand statt, eine Rückkehr zu den Grundsätzen des großen praeceptor Germaniae Ph. Melanchthon, der, im Gegensatz zu dem paganisirenden Humanismus, welcher aus Italien in Deutsch= land eingedrungen war, humaniora und das Evangelium in Ein= klang zu setzen und die große Lehre: „Einer ist euer Meister — Christus (Matth. 23, 8) auch in der Wissenschaft und Schule zu verwerthen suchte. Dem christlichen Princip ist unter den Ministern v. Raumer, v. Bethmann=Hollweg, v. Mühler die ihm gebührende Anerkennung zu Theil geworden, seine Bedeutung auch wissenschaftlich gewürdigt worden. Das ist es nun, was pagani= sirende Humanisten und widerchristliche Materialisten „das System Mühler" nennen. Es versteht sich, daß man mit diesem Princip nicht zu der Scholastik des Mittelalters zurückkehren, auch nicht den Standpunkt der Reformatoren unbedingt festhalten, überhaupt nicht repristiniren, sondern aus dem Lebensquell dessen, der die Wahrheit und das Leben ist, Altes und Neues schöpfen, das Alte neugestalten wollte. Hier hat allerdings das System Mühler Neues geschaffen; aber nur die Zurückgebliebenen können dies als Rückschritt ver= schreien; wenn auf irgend einem Gebiete der Wissenschaft und des Unterrichts, so ist auf diesem, namentlich in der Behandlung der Alterthumswissenschaft, der Geschichte und Erdkunde, ein bewunderns= werther Fortschritt sichtbar. Das System Mühler ist daher auf dem wissenschaftlichen und didactischen Gebiete dem Fortschritt offen und geneigt.

Nicht minder auf dem administrativen Felde. Zweierlei läßt sich von demselben mit Sicherheit erwarten. Einmal, daß es den Anspruch der Lehrer anerkenne, pädagogisch gebildete Vorgesetzte zu haben, die ihnen nicht nur an allgemeiner wissenschaftlicher Bildung überlegen sind, sondern auch die Schule kennen, Einsicht in ihre speciellen Aufgaben haben und die Arbeit des Lehrers richtig zu würdigen wissen. Es ist zuzugestehen, daß es vielen geistlichen Schulaufsehern an genauer Kenntniß dieser Dinge, an pädagogischer Durchbildung fehlt, und daß sie selbst nicht viele Neigung zeigen, sich eingehend damit zu beschäftigen. Damit wird dem übermüthigen Geschrei dünkelhafter Elementarlehrer: die Geistlichen verstehen von der Sache nichts, wir allein sind die Meister! — nicht das Wort geredet. Allgemeine wissenschaftliche Bildung bleibt immer die Grundlage, welche zu einem Urtheil auch über specielle Leistungen befähigt; den Elementarlehrern fehlt sie und sie können sie sich auch nur in seltenen Fällen erwerben, die Elementarschulen können nicht Gelehrtenschulen, die Lehrer-Seminarien nicht Akademien werden. Der Bildungsgang eines Elementarschullehrers kann, nicht bloß der äußeren Verhältnisse, sondern auch der beschränkten Aufgabe der Volksschule wegen, sich nur in engen Schranken halten. Der wissenschaftlich Gebildete aber wird sich, ohne zu große Mühe, diejenigen Kenntnisse aneignen, die ihn zu einem gründlichen Urtheil über die Leistungen des Schullehrers befähigen, auch die Methodik und Technik, auf die so viel gegeben wird, mit richtigem Blicke durchdringen lernen; desto ernstlicher muß darauf gedrungen werden, daß die Geistlichen, wenn sie Schul-Aufseher bleiben wollen, die pädagogische Seite ihrer Bildung nicht vernachlässigen, daß sie sich mit den Aufgaben der Schulen gründlich bekannt machen und selbst durch Uebung im Unterrichten sich die praktische Tüchtigkeit erwerben, die den Lehrern Wegweiser und Vorbild werden kann, wenn damit auch nicht gesagt werden soll, daß sie in den kleinen Künsten des Schulmeisters Virtuosen werden sollen. Denn es wird doch wohl dabei bewenden, daß die Pfarrer Local-Inspectoren der Schulen ihrer Parochie, die Superintendenten und Decane in der Regel Inspectoren der Schulen ihrer Sprengel bleiben. Der Staat hat nicht die Mittel, Hunderte von Schulinspectoren zu besolden; auch sind die nächsten, die in täglichem oder doch häufigem Verkehr mit der Schule und dem Lehrer stehen können, den fernen, reisenden und von Zeit zu Zeit erscheinenden vorzuziehen.

Wir erwarten also, daß die Staatsregierung die geistlichen Schulaufseher anhalten werde, ihre volle Schuldigkeit zu thun, weil es sonst ihre eigene Schuld sein würde, wenn die Schule ihnen verloren ginge. Besonders sollten sie auch der Vorbildung künftiger Lehrer sich mehr als bisher annehmen. Die Kirche hat die Pflicht, sich die Bildung ihrer Gehülfen in der Jugenderziehung angelegen sein zu lassen.

Das Andere, was wir von der Freisinnigkeit des Systems Mühler erwarten, ist dies: daß es den Gemeinden eine größere Betheiligung an der Verwaltung ihres Schulwesens nach dem Grundsatz der Selbstverwaltung gewähre. Den größeren Stadtgemeinden ist dafür Raum in der Städte=Ordnung gelassen, und schon seit 1811 ein Organ in den städtischen Schuldeputationen gegeben, welche die äußeren und inneren Angelegenheiten der Schulen zu berathen haben. Die bestehenden Ortsschulvorstände der Landgemeinden sind nicht geeignet, die gleichen Functionen zu versehen. Es empfiehlt sich, daß für den Verband dieser Gemeinden in der Kreisvertretung eine Commission oder Kreis=Schuldeputation bestellt werde, welcher auch von der Abtheilung für Kirchen= und Schulwesen in der Regierung ein großer Theil ihrer Obliegenheiten übertragen werden könnte. Damit würde denn auch die Stellung der geistlichen Schulaufseher sowohl beschränkt als erleichtert. Dem Vernehmen nach ist in der neuen, dem Landtage vorzulegenden Kreisordnung eine solche Institution vorgesehen. Vielleicht begegnet hier das System Mühler den Vorschlägen des Professors Gneist und trifft mit den seinigen zusammen. Doch geben wir uns darum noch nicht der Hoffnung hin, daß es ihn befriedigen und mit sich versöhnen wird. Dem steht jedenfalls entgegen, daß in der von ihm vorgeschlagenen Organisation keine Stelle für die Kirche oder den Klerus sein wird.

Die parlamentarische Controverse über das Verhältniß der Kirche zur Schule bewegt sich hauptsächlich um den Art. 24 der Preußischen Verfassungs=Urkunde, um die Frage, ob der Kirche oder den kirchlichen Obern nur die Leitung des Religions=Unterrichts in der öffentlichen Schule oder auch ein bestimmender Einfluß auf die religiöse Erziehung der Jugend in der Schule, als davon unzertrennlich, zusteht. Gerade über diese Cardinalfrage sind in den Bairischen Kammern in der Frühjahrssitzung d. J. bei der Discussion über das von der Regierung vorgelegte Schulgesetz sehr lebhafte und lehrreiche Verhandlungen gepflogen worden. Die „Evang.=Luther. Kirchen=Zeitung" (Nr. 17 vom 23. April, Correspondenz aus Baiern, S. 280) berichtet darüber:

Höchst wichtig waren die Verhandlungen über § 3. Es handelte sich zunächst darum, ob die Fassung des Regierungs=Entwurfs:

„Die Anordnung und Leitung des Religions=Unterrichts und des religiös = sittlichen Lebens an den Volksschulen steht den kirchlichen Oberbehörden zu" oder die des Ausschusses, welcher das zweite ge= strichen und nur den Religions = Unterricht einer Leitung der Kirche unterwerfen wollte, zum Gesetz erhoben werden sollte. Man kann wohl sagen, daß dieses der Cardinalpunkt des ganzen Gesetzes ist, nachdem man die (ausschließliche) geistliche Schulaufsicht hatte fallen lassen. Hat die Kirche nur noch den Religions=Unterricht zu über= wachen und über Art und Weise des übrigen Unterrichts, über die religiöse Haltung des Lehrers und der Schule gar nichts mehr zu sagen; so ist das Band zwischen Schule und Kirche eigentlich gelöst und die Möglichkeit eines völligen Dualismus zwischen dem Re= ligions= und dem übrigen Unterricht gegeben. Es mag nun mit dem historischen Recht der Kirche stehen wie es will, wie denn that= sächlich vorliegt, daß schon im vorigen Jahrhundert und noch früher die Bairischen Kurfürsten und Herzöge die Schule als staatliche und weltliche Sache betrachteten; unläugbar aber hat die Kirche ein na= türliches Anrecht an die Schule, sofern sie geradezu sich selber auf= geben würde, wenn sie nicht die ihr Angehörigen auf der elemen= taren Stufe des Unterrichts eben in ihrem Sinn und Geist unter= weisen laffen, bez. nicht verhindern könnte, daß auch der zunächst weltliche Unterricht nicht irreligiös und widerkirchlich betrieben werde. Der Staat allein kann Letzteres um so weniger verhüten, als er ja ein paritätischer ist und die beiden Confessionen ihre Verschieden= heiten naturnothwendig auch auf dem Gebiete der Schule geltend machen (?). Wendet man ferner ein, daß das nächste Subject bei Unterricht und Erziehung innerhalb der Schule der Lehrer und also auch diesem die sittlich = religiöse Bildung der Jugend zu übertragen sei: so ist zu erwidern, daß, je wichtiger eine Sache ist, desto nö= thiger auch gewisse Garantieen für ihre Durchführung sind; daß die Kirche die geschichtlich gegebene Gemeinschaft und Anstalt für Weckung und Förderung des religiös = sittlichen Lebens ist, alle übrigen Ge= meinschaften nur in dem Maße den religiösen Geist sich bewahren, als sie im Zusammenhang mit der Kirche verbleiben, und der Schule derselbe doppelt nöthig ist, da gerade gegenwärtig innerhalb ihrer und der Lehrerwelt vielfach ein Geist sich geltend macht, der ins Weite und Breite geht und den im positiv confessionellen Christen= thum bisher für den Schulunterricht gegebenen ideellen Mittelpunkt zu verläugnen droht.

Die Debatte über diese Cardinalfrage wird auch in der nächsten Sitzung des Preußischen Landtages, wenn das verheißene Schulgesetz vorgelegt wird, hitzig genug geführt werden und die Parteien scharf spalten. Dr. Gneist aber stellt sich weder auf die eine noch auf die andere Seite, er gestattet der Kirche weder Leitung des Religionsunterrichts, noch einen Antheil an der religiösen Erziehung und sittlichen Bildung der Jugend; er will sie aus der Schule ganz beseitigt wissen. Demzufolge sollte er, wie man meinen möchte, die Aufhebung des Art. 24 beantragen. Doch diesen hat er durch seine Declaration mit Beziehung auf Art. 112 schon beseitigt. Auch hält er so wenig von der parlamentarischen Debatte, als von theoretischen Erörterungen (S. 73). Eine gerichtliche Instanz, einen Verwaltungsgerichtshof fordert er, um die falschen Rechtsbegriffe des Systems Mühler zu vernichten und die Legalität des Systems Gneist festzustellen. Zu diesem Behuf soll das Abgeordnetenhaus in der nächsten Sitzung eine Adresse an die Krone richten.

Uns scheint Dr. Gneist auf halbem Wege stehen geblieben zu sein; um ähnliche Verirrungen von der Bahn des Rechts für immer zu verhüten, sollte er seinen Antrag stellen — auf Aufhebung des Unterrichtsministeriums und Einverleibung desselben in das Justizministerium.

Bei der Verurtheilung des Systems Mühler ist er so billig, mildernde Gründe anzunehmen. Das System verdammt er, die Personen schont er. Er will (S. 81) „nicht bezweifeln, daß die Träger dieser Richtung verdienstlich und recht zu handeln glaubten, wie denn auch die rückhaltlose Veröffentlichung der Grundsätze dieser Schulverwaltung eine vorhandene bona fides beurkundet." Hoffentlich wird der künftige Gerichtshof diese Gründe in Betracht ziehen.

Auch wir führen unsererseits Klage wider den Herrn Professor Gneist, daß derselbe mit Verkehrung des gemeinen Sprachgebrauchs und der Begriffe des gesunden Menschenverstandes die wirklichen Dinge, wie sie sind, auf den Kopf gestellt, durch falsche Voraussetzungen und Trugschlüsse das Recht verwirrt, die Staatsregierung verunglimpft und der Kirche schnödes Unrecht angethan hat; wir müssen das System Gneist als ein Attentat auf die christliche Schule bezeichnen. Allein auch wir sind in der Lage, für unseren Gegner mildernde Umstände geltend zu machen. Daß der politische Parteistandpunkt das Urtheil auch des scharfsinnigsten Juriften zu trüben vermag, ist eine bekannte Sache und mag ihm zur Entschuldigung gereichen; aber häufig widerlegt er auch sich selbst, und wir sind im Stande, Gneist contra Gneist zum Zeugen anzurufen. Wir sind nicht die Ersten, welche die Widersprüche, in die er sich zuweilen verwickelt, bemerkt haben. Der unparteiische Historiker tritt da mit dem parteiischen Politiker in Widerspruch, die Wahrheitsliebe des gewissenhaften Rechtskundigen mit der politischen Tendenz. Dergleichen Widersprüche gereichen ihm mehr zur Ehre als zum Tadel. Und so führen wir gern die Worte an, in welchen er gegen Theoretiker, die auf dem Gebiete der Allgemeinheit bleiben, und gegen anspruchsvolle parlamentarische Wortführer sein Urtheil über den thatsächlichen Zustand des Preußischen Schulwesens abgiebt (S. 11):

„Es wird nach diesem negativen Resultat wohl gestattet sein, daran zu erinnern, daß wir in einem Lande leben, in welchem Universitäten, gelehrte, Mittel- und Volksschulen nach einem einheitlichen Plan längst durchgeführt sind; daß ein Preußisches Unterrichtswesen nicht erst erfunden werden soll, daß das vorhandene sogar nach dem umfassenden Urtheil Außenstehender für das relativ beste gilt. Die Deutsche Neigung, fremde fast nur vom Hörensagen bekannte Einrichtungen für besser zu halten, als die bekannten eigenen, ist eine Schwäche, die wir mit dem Wiedererwachen nationalen Selbstgefühls ablegen sollten. Die individuelle Willkür, welche unsere übereinkommenden Staatsinstitutionen als nicht vorhanden annimmt und bei geringfügiger Veranlassung den geduldigen Zuhörern eine neue Staatsidee vorführt, hat auch unser Schulwesen so behandelt, als ob Gesetze darüber nicht vorhanden, als ob das Schulwesen in parlamentarischem Streit oder Uebereinkommen mit dem Unterrichtsminister erst durch Fractionsbeschlüsse festzustellen wäre."

Wir wissen wohl, daß dieses Urtheil nur bis zu 1840 datiren und auf das System Mühler keine Anwendung finden soll; aber wir acceptiren es auch als völlig zutreffend gegen die scharfsinnige Construction des Systems Gneist und für das historisch berechtigte System Mühler bis zum Jahre 1869.

———

Druck von F. Heinicke in Berlin, Königgrätzerstraße 15.